KB265994

함께 소리 내어 읽습니다

일러두기

- 본문에 수록한 인용문은 저작권자의 사용 허가를 받았음을 밝힙니다.
- 인용문의 맞춤법과 띄어쓰기는 원서의 규정을 준수했습니다.

함께 소리 내어 읽습니다

문해력을 키우고 마음을 잇는 학교 낭독

구혜진
성경숙
오향옥
이인희
이현숙
조선혜
최은숙
최은하
그리고
송정희

오늘산책

이 목소리가
당신에게도 닿기를

누군가에게 소리 내어 책을 읽어준 적은 언제였나요?

누군가 나에게 책을 읽어주었던 순간은 언제였나요?

잠시 그 장면을 떠올려보면, 그곳에는 소리 내어 읽는 사람과 그 소리를 듣는 사람이 있습니다. 그래서일까요. 많은 사람이 낭독을 하려면 목소리가 좋아야 하거나 기술적으로 뛰어나야 한다고 생각합니다. 그러나 낭독을 배우다보면, 자신의 소리를 판단하지 않고 다른 사람의 낭독을 부러워하지 않게 되는 순간이 옵니다.

저는 그것을 '첫소리'라고 합니다.

자기 소리를 믿고 다른 사람에게 마음을 건네기 시작하는 바로 그 지점의 소리입니다.

여기 그 '첫소리'를 찾아가는 여정을 먼저 통과하고, 이제는 아이들 곁에서 함께 소리 내어 읽는 여덟 명의 선생님이 있습니다. 학교라는 현장에서 아이들을 가장 가까이에서 만나는 교사인 이들은, 저와 함께 1년 넘게 낭독을 공부하며 마음을 나눈 분들이기도 합니다. 이분들이 각자의 학교에서 아이들과 함께 낭독하며 빚어낸 여덟 가지 풍경을 한 권의 책으로 묶었습니다.

원고를 읽으며 저는 가슴이 벅차올랐습니다. 여덟 개의 학교는 저마다 환경이 달랐고, 그 안에서 만난 아이들의 얼굴도 모두 달랐습니다. 처음에는 선생님 개인의 내밀한 이야기로 시작된 글들이 어느덧 아이들을 향한 깊은 시선으로 갈무리되는 과정을 지켜보는 것은 큰 감동이었습니다. 모든 글에는 아이들을 더 가까이 만나고 싶어 하는 교사들의 간절한 움직임이 담겨 있었습니다.

우리는 지금 인공지능이 글을 쓰고 정보를 요약하는 시대에 살고 있습니다. 그럴수록 인간에게는 '좋은 질문을 하는 힘'이 절실해집니다. 낭독은 그 힘을 몸으로 배우는 독서입니다. 종이책을 손으로 만지고 활자를 눈으로 훑으며, 느리지만 한 문장 한 문장 몸에 새기는 과정에서 문해력이 길러지고 질문하는 힘이 자라납니다. 효율과 속도가 지배하는 세상에서 낭독은 멈춰 서서 스스로 생각할 권리를 되찾아줍니다. 내 입술을 떠난 문장이 다시 내 귀로 돌아올 때, 비로소 정보는 지혜가 되고 죽어 있던 글자는 살아 있는 삶의 언어가 됩니다.

무엇보다 낭독은 우리에게 '듣는 능력'을 선물합니다. 처음에는 의례적인 대꾸에 머물렀을지라도, 함께 읽는 시간이 쌓이다 보면 상대가 미처 말하지 못한 마음의 소리까지 듣게 됩니다. 자기를 표현할 말을 찾지 못해 침묵하던 이들이 구체적이고 적극적으로 자신을 드러내기 시작합니다. 자신을 표현하고 타인의 마음을 경청하는 힘, 그것이 바로 낭독의 마법입니다.

또한 낭독은 우리에게 '자기만의 방'을 허락합니다. 소리에 집중하기 위해 마련한 고요한 공간에서 우리는 비로소 자신과 대면합니다. 그 방에서 얻은 에너지는 타인과 건강한 거리를 유지하게 하고, 자신을 사랑하며 좋은 관계를 맺는 자양분이 되어줍니다.

이 책은 낭독이라는 시간을 통해 교사와 학생이 각자의 '자기다운 목소리'를 찾아가는 여정을 담아낸 소중한 기록입니다.

낭독은 좁아진 소통의 공간을 조금씩 넓히는 일이며, 책이라는 안전한 매개를 통해 우리 안의 진심을 꺼내놓는 일입니다.

여덟 명의 저자가 정성껏 담아낸 이 목소리들이, 지금 이 책을 펼친 당신에게도 따뜻하게 닿기를 바랍니다.

송정희

차례

<hr>

낭독 맛집에
오신 것을
환영합니다

<hr>

최은하

<hr>

낭독 맛집에

오신 것을

복도는 떠들썩한데 도서관은 언제나 고요

대학에 입학하자마자 연극 동아리를 찾아갔다. 고등학생 때 단체로 관람했던 연극에 반했기 때문이었다. 맏딸인 데다 동생이 셋이나 있어 연극을 전공하겠다고 할 수는 없었지만, 동아리 활동만큼은 꼭 연극을 하고 싶었다.

신입 회원이 되자마자 신입생 환영 공연에서 음향효과를 맡게 되었다. 공연 시작 전, 선배가 적어준 동아리 인사말과 소개, 신입 회원 모집 안내글을 마이크에 대고 읽었다. 신기하게도 내 목소리가 마이크를 타고 흐르자 강당 안이 조용해졌다. 공연을 마친 후 선배들은 내 목소리가 주의를 집중시키는 음성이라고 했다. 그 후 마이크를 들고 목소리를 내는 일은 거의 내 차지였다.

대학 졸업 후 계약직 은행원, 출판사 편집자 등 여러 직업을 경험하고 중학교 사서교사가 되었다.

학교 도서관에는 내가 원하던 환경이 있었다. 게다가 책으로 둘러싸인 공간을 맡고 있다는 것이 기쁘고 뿌듯했다. 그런데 나는 중학생이 그렇게 책을 안 읽는 줄 몰랐다. 중학생뿐일까? 전 국민의 독서율과 독서량이 해마다 감소하고 있다는 건 이제 뉴스도 아니다.

좋은 책을 마음껏 빌려 볼 수 있는데 도서관에 오는 아이들은 왜 이렇게 적을까? 복도는 떠들썩한데 도서관은 늘 고요했다.

어느 날, 수업시간에 사복 차림의 긴 생머리 여학생이 도서관에 들어왔다.

"안녕하세요. 저는 대학생 멘토예요."

뒤따라 들어온 학생과 함께 읽을 책을 빌리러 왔다고 했다. 그 아이라면 나도 알고 있다. 목소리가 작아 귀 기울여 들어야 하는 아이. 부모님이 중국인이라고 했다. 아이는 그림책을 꽂아둔 서가 앞에서 책을 골랐다. 어떤 책을 읽고 싶냐고 물었더니 글이 없는 걸 달라고 했다.《빨간 나무》숀 탠 글, 김경연 옮김를 꺼내 줬더니 만족한 얼굴로 고개를 끄덕였다. 한 권 더 가져가라고 했더니 싫다며 고개를 저었다.

그 뒤로도 아이는 대학생 멘토와 함께 와서 그림책을 골랐다. 하지만 중학교 도서관에 글 없는 그림책은 많지 않다. 글이 조금이라도 있으면 아이는 입술을 삐죽였고 대학생 멘토도 난감한 듯 웃었다. 두 사람이 다녀가고 나면 마음이 시끄러워졌다. 저 아이는 글을 못 읽는데 수업시간에 뭘 하면서 보낼까?

글이 좀 있더라도 누군가 읽어주면 좋을 텐데. 대학생 멘토는
어떤 식으로 책을 읽어줄까? 내가 잘 읽어줄 수 있는데…, 내
가 정말 잘할 수 있는데….

　하루는 도덕 선생님이 전화로 학생 두 명을 도서관에 보내
도 되겠냐고 물었다. 과제를 내지 않은 아이들인데 책을 읽고
간단한 감상문을 제출하면 되니까 책을 읽히고 과제를 하도록
도와주면 된다고. "좋아요, 올려보내세요." 내가 말했다.

　잠시 후, 2학년 남학생 둘이 의욕 없는 모습으로 도서관에
들어왔다. 진과 운이었다. 240명이나 되는 2학년 중에서 두 아
이를 기억하는 까닭은 수업 시간마다 진은 엎드려서 잠을 잤
고, 운은 옆 사람에게 말을 걸거나 서가 사이를 돌아다녔기 때
문이다. 과제를 하지 않아서 왔는데도 두 아이 다 빈손이었다.
종이와 연필을 챙겨주고 읽을 책을 가져오라고 했다. 진과 운
은 책을 고르는 것도 어려워했다. 어떤 책을 좋아하는지, 지금
까지 읽은 책 중에 기억에 남는 책이 있는지 물었더니 눈을 피
한다. 그렇다면 내가 골라주는 수밖에.

　나는 창비에서 펴낸 '소설의 첫 만남' 시리즈가 있는 서가로
갔다. 이 시리즈는 이름 있는 작가들의 단편소설로 구성되었

고 100페이지도 되지 않아 분량도 적은 편이다. 나는 이 시리즈를 우리 도서관에 세 권씩 갖춰두었다.《라면은 멋있다》공선옥 글, 김정윤 그림를 두 권 꺼내 아이들에게 건넸다.

"가난한 청소년이 연애하는 이야기야. 읽어봐."

아이들은 '연애'라는 말에 관심이 생긴 것 같았다. 나는 하던 일을 계속했다. 반납된 책을 소독하고 서가에 꽂았다. 그런데 아이들은 도무지 책장을 넘길 생각이 없어 보였다. 첫 장을 펼쳐둔 채 딴짓이다.

진은 주변을 둘러보다가 한 번씩 나한테 질문을 했다.

이 도서관은 언제부터 있었어요? 왜 도서관이 4층에 있어요? 샘은 여기 있는 책 다 읽었어요?

운은 계속해서 진에게 말을 걸었다.

야, 너 책 한 권이라도 다 읽어본 적 있냐? 없지? 나는 있다, 나 다음 달부터 권투 배울 거다, 아빠가 등록해준댔다.

퇴근 시간까지는 한 시간 조금 넘게 남아 있었다.

"얘들아, 도덕 선생님 퇴근하시기 전에 과제 제출해야지. 곧 도서관도 닫아야 하고."

"아, 저는 상관없어요. 샘은 그냥 문 잠그고 가세요."

"저, 여기서 날 샐래요."

엉뚱한 데서 마음이 통하는 녀석들이라니. 하지만 이대로 두고 볼 수는 없지.《라면은 멋있다》를 한 권 더 꺼내 아이들 옆에 앉았다.

"안 되겠다. 내가 읽어줄게."

"아니, 아니, 싫…, 괜찮아요. 그냥 제가 읽을게요."

손사래를 치던 아이들은 내가 첫 문장을 읽기 시작하자 조용해졌다.

연주가 일하는 햄버거 가게 앞에서 기다리는 시간은 좀 지루했다.

계속 거부하면 어쩌나 걱정했는데 둘은 금세 잠잠해져서 눈으로 따라 읽으며 책장을 넘겼다.

"야아, 날도 추운데 들어오잖구선."

나는 연주가 되었다, 민수가 되었다 하며 대사를 읽었다. 혼자서는 한 페이지도 읽지 못하던 아이들이 내 목소리에 집중하며 작은 머리통을 주억거리는 게 기특해 울컥하기도 했다.

반쯤 읽었을 때, 운이 갑자기 책을 읽기 시작했다. 민수의 대사였다.

"그럼 지금부터는 너희가 대사를 읽을래?"

진도 고개를 끄덕였다. 하지만 두 아이는 큰따옴표로 묶인 대사를 잘 구분하지 못했다. 나는 일일이 알려줬다.

"진아, 여기 읽어. 그다음 운이가 여기."

다 읽는 데 20여 분이 걸렸다.

"와, 책 한 권 다 읽었다!"

나는 물개박수를 치며 호들갑스럽게 말했다. 어땠냐고 하니 재미있다고 한다. 이제 과제를 해야 하는데, 진과 운은 연필을 든 채 내 얼굴만 빤히 쳐다보았다.

방금 읽은 소설을 되짚었다. 민수가 왜 햄버거 가게에 들어가지 못했는지, 연주는 어떤 애 같은지, 너희라면 어떻게 했을지.

아이들이 우물쭈물 내놓는 대답을 얼른 받아서 그래, 그걸 써보자, 하며 어렵사리 과제를 완성하도록 했다. 운은 네 줄, 진은 여섯 줄을 썼다.

"연필 가져도 돼요?" 진이 말했다.

"그러엄."

"제가 도서관 청소하러 올게요." 운이 말했다.

감상문을 쓴 종이를 유리라도 되는 듯 조심스럽게 들고 도서관을 나서는 아이들을 보며 나는 웃음이 나기도, 눈물이 날 것 같기도 했다.

소리 내어 책을 읽는 활동

어느 날 다른 학교 사서 선생님한테 연락을 받았다. 국립어린이청소년도서관에서 주관하는 전국어린이청소년도서관서비스협의회에서 분과 활동을 할 의사가 있느냐고 했다. 다른 분과는 이미 모집을 마쳤는데, 청소년서비스분과가 아직 구성되지 않았다고. 청소년의 도서관 이용 활성화를 위한 방안 연구, 독서의 사각지대에 있는 청소년을 위한 독서 프로그램 연구가 분과의 목적이라고 해서 참여하기로 했다. 분과원은 모두 일곱 명, 전부 성남 지역 중학교 사서교사였다.

우리의 관심은 '어떻게 하면 도서관이 청소년의 흥미를 끌 수 있을까?'였다. 학생들이 자발적으로 방문할 수 있는 도서관을 만들고, 독서에 흥미를 가지게 하려면 어떻게 해야 할까? 학생들이 좋아할 만한 도서관 프로그램을 개발해보자는 목표를 두고 의견을 나누었다. 무엇보다 '재미'가 있어야 하고 많은 학생이 참여할 수 있어야 한다. 여러 논의 끝에 우리가 도달한 도서관 프로그램의 키워드는 '낭독'이었다.

낭독, 즉 소리 내어 책을 읽는 활동은 오감을 활성화하고 집중력을 최고조로 끌어올린다. 묵독보다 낭독이 문장 이해를 더 깊게 하고 기억에도 오래 남는다. 독서와 낭독을 연결한 활동은 미취학 아동이나 노인을 대상으로 한 봉사활동으로도 확장할 수 있다.

이렇게 해서 청소년서비스분과의 연구 주제는 '낭독, 책과 사람을 잇는 힘'으로 정해졌다. 주제를 정하고나니 가슴이 마구 뛰었다. 오래전부터 꿈꿔온 '책 읽어주는 도서관'을 실현할 수 있을 것 같았다. 하지만 분과원 일곱 명 중 정식으로 낭독을 배운 사람은 없다. 배움이 시급했다. 누구한테 배울 것인가? 한 선생님이 제안했다.

"서혜정 성우님 어때요?"

귀가 번쩍 뜨였다. 서혜정 성우님이 이끄는 낭독 모임도 있다고 했다. 분과장인 내가 섭외를 맡았다. 그렇게 유명한 분이 초대에 응해주실까? 그래도 시도는 해봐야 했다.

"저희는 성남에 있는 중학교의 사서교사들이고 낭독을 매개로 한 도서관 프로그램을 개발하려고 합니다. 낭독 관련 강의를 해주실 수 있나요?”

강연료마저 너무 약소해 쥐어짜는 듯한 목소리가 나왔다.

“그건 걱정하지 마세요.”

텔레비전에서 듣던 익숙한 목소리가 전화기 너머에서 경쾌하게 들려왔다.

“이런 강의를 기다렸어요. 저는 중학교에 낭독 교과가 개설되어야 한다고 생각하거든요.”

우리는 온라인에서 만났다. 준비된 문장을 한 명씩 돌아가며 낭독했고 서혜정 성우님으로부터 꼼꼼한 피드백을 받았다. 나는 문장과 문장 사이를 ‘쉼 pause’ 없이 급하게 읽는다는 것을 알게 되었다.

낭독이 중요한 이유, 묵독과 낭독의 차이, 소리를 낼 때 자세 등 열정적인 강의 두 시간은 너무 짧았고 나는 더 알고 싶은 것이 많았다. 그래서 조금 더 배워보기로 했다. 나는 낭독을 가르치고 있는 여러 성우 중 송정희 성우의 수업을 신청했다.

특별한 경험으로 남은 낭독극 연습

일주일에 한 번 송정희 성우님께 낭독 수업을 들으며 나는 조급증이 났다. 강의에서 배운 걸 학생들과 함께 해보고 싶었다. 무조건 읽기만 하는 건 재미없을 테고, 연극은 부담스러울 테니 낭독극은 어떨까? 학생들도 재미있어 할지 의문이었지만 일단 해보기로 했다.

같은 학년 학생들로 팀을 꾸려야 했다. 스물두 명의 도서부원 중 2학년 아홉 명이 전부 여학생이었다. 2학년 도서부원들에게 2학기 동아리 활동으로 낭독극을 해보자고 제안했다. 다행히 반대하는 학생은 없었다.

대본을 만들자니 딱히 떠오르는 작품이 없었다. 비교적 대사가 많은 작품이 유리하겠지. 《라면은 멋있다》와 《아주아주 많은 달》제임스 서버 글, 루이스 슬로보드킨 그림, 황경주 옮김 중에서 아이들은 만장일치로 《아주아주 많은 달》을 선택했다.

본문 대부분이 대사로 이루어진 그림책이라 대본을 만드는 일은 어렵지 않았다. 다만 대화에 일정한 리듬이 있어 자칫 지루해질 수 있고, 주로 하오체를 사용하고 있어서 입에 잘 붙지 않았다. 어미를 수정하고 불필요하게 반복되는 대사는 생략했다. 자주 나오는 '레노어 공주'는 '공주'로, '궁중 마법사', '궁중 수학자', '궁중 어릿광대'는 '마법사', '수학자', '어릿광대' 로 수정했다. 극중 인물이 일곱 명이라 아홉 명이 모두 참여할 수 있도록 원작에는 대사가 없는 의사와 신하의 대사를 만들어 넣었다.

대본이 완성된 후에는 기본적인 발음과 발성을 익히고 다 같이 낭독을 했다. 맡은 역할의 대사를 순서대로 돌아가며 낭독한 후에 내가 상대역을 하며 학생 전원이 모든 역할을 낭독해보게 했다. 이때 중요한 것은 감정을 넣지 않고 담백하게 읽는 것. 이 과정에서도 발음이나 연기하기 곤란한 단어들은 빼거나 고쳤다.

다음 단계는 역할 정하기다. 왕, 어릿광대 등 비중이 큰 역할부터 희망자에게 우선권을 주었는데 대체로 사람들 앞에 서는 일에 익숙한 학생들이 손을 들었다. 학생들은 비중이 크면 부담스러워하면서도 비중이 작은 역할은 꺼렸다. 시종장, 수학자, 마법사는 서너 명이 동시에 손을 들었다. 이렇게 경쟁자가 있는 역할은 비밀투표로 역할을 정했다.

다음으로 역할의 인물 분석을 하게 했다. 나이는 몇 살일지, 어떤 성장 과정을 거쳤을지, 키와 체형, 성격은 어떨지 파악해서 발표하게 했다. 환경, 신체, 기질에 따라 말이 달라지기 때문이다. 인물 분석은 아이들이 가장 즐겁게 참여한 과정이었는데 많은 아이가 등장인물의 MBTI를 상상해서 적어온 점이 인상적이었다.

아이들의 인물 분석을 토대로 본격적으로 연기 지도를 시작했다. 낭독을 배운 게 역시 도움이 됐다.

"입안에 공간이 충분하지 않으면 소리가 공명할 수 없어."

"발음이 정확하지 않지? 입 모양에 주의하면서 발음해봐."

"지금 이런 자세에서는 소리가 눌리게 돼."

대학 시절 연극 동아리에서 선배들한테 배운 발성 훈련, 복식호흡법이 신기할 정도로 생생하게 기억났다. 나는 '낭독극회'라는 이름의 단체 채팅방을 개설해 수시로 아이들에게 연락했다.

─내일 수업 5교시까지지? 수업 마치고 시간 되는 사람은 낭독극 연습 하러 올래?

─지필고사 잘 봤어? 다른 일정 없는 사람은 낭독극 연습하자.

원래 계획은 낭독극을 녹음해서 12월 동아리 발표회에서 선보이는 것이었지만 녹음할 장소를 찾기가 어려웠다. 어쩔 수 없이 학교도서관에서 휴대폰으로 녹음하고 학생들에게 녹음 파일을 전달받아서 들어보았다. 장면별로 녹음했는데, 누구는 휴대폰에 너무 가깝고 누구는 너무 멀었다. 게다가 숨소리, 침 삼키는 소리는 물론이고 옷 스치는 소리, 대본 넘기는 소리까지 같이 녹음되어 있었다.

동아리 발표회에 참가하는 것은 무산되었지만 학생들은 즐겁고 특별한 경험이었다고 얘기해주었다. 아쉬움이 남긴 했지만 귀중한 경험이 쌓였으므로 실패는 아니었다. 그리고 뜻밖의 기회를 가져다준 시도이기도 했다.

소리 내어 읽고 눈으로 함께 읽는 시간

"선생님은 어떤 프로그램을 운영하시겠어요?"

연구부 선생님이 묻자마자, 기다렸다는 듯이 '낭독 독서'라고 답했다. 처음 계획은 진과 운처럼 혼자서 책을 읽지 못하는 학생들에게 낭독과 독서의 즐거움을 알려주는 것이었다. 그래서 '문해력 향상을 위한 낭독 독서'라고 프로그램명을 정했다.

하지만 막상 모집을 하고보니 학생들의 참여가 저조했다. 방과 후에 학교에 남아 책을 읽는다니, 도무지 내키지 않았던 것이다.

"방과 후에요? 아, 독서요? 음, 생각해볼게요." 하고선 영 소식이 없었다.

어쩌면 신청 학생이 없어서 폐강될지도 모른다고 생각하던 차에 2학년 채령이가 신청서를 제출했다. 채령이는 또래보다

독서 수준이 높고 글쓰기로 여러 차례 상을 받기도 했다. 프로그램명을 슬그머니 '낭독 독서'로 고쳤다. 이미 독서 능력을 갖춘 학생이니 낭독의 즐거움을 알려주면 된다.

한 학기 동안 20차시의 수업을 계획했다. 중학교에서 1차시는 45분. 쉬는 시간 없이 1시간 30분 동안 수업하면 2차시인 셈이다. 2차시씩 모두 10회 수업하기로 했다. 채령이와 상의해 고른 책은 《긴긴밤》루리 글·그림, 《아몬드》손원평 글, 《나나》이희영 글였다. 채령이는 눈으로 먼저 읽은 다음 의미 단위로 끊어서 낭독하는 게 이미 익숙해서 둘이 번갈아가며 한 페이지씩 읽다 보면 2차시 동안 40페이지 이상 읽을 수 있었다. 《긴긴밤》과 《아몬드》는 우리 둘 다 이미 읽어본 책이었는데 다시 읽어도 좋았다.

"소리 내서 읽으니까요, 눈으로 읽을 때는 그냥 지나쳤던 표현들이 생생하게 다가오는 것 같아요."

다음 학기에 '낭독 독서' 수업에 참여한 학생은 2학년 경헌, 시훈, 호진이였다. 수경이가 참여하기로 했다가 학원 수업과 겹쳐서 취소하는 바람에 남학생들로만 팀이 꾸려졌다. 셋 다 자발적으로 독서를 즐기는 아이들이지만, 소리 내어 책을 읽는 것도 좋아할까? 남학생들하고는 어떤 책을 읽으면 좋을까?

이런저런 궁리 끝에 《위저드 베이커리》구병모 글, 《이야기의 이야기의 이야기》이만교 글를 고르고, 《위저드 베이커리》를 먼저 읽었다. 시작은 항상 내가 했다. 노래할 때 반주자가 첫 음을 잡아주는 것처럼 내가 먼저 첫 페이지를 읽고 나면 다음 사람이 이어서 다음 페이지를 읽었다.

읽기 전에 내가 강조한 건 딱 두 가지다. 문장과 문장, 문단과 문단 사이에 충분한 쉼을 두고 의미 단위로 나누어 읽기. 처음에는 "지금 빨라, 거기서 좀 더 쉬어야지." 하며 거들었지만 아이들은 금세 자기만의 색깔로 낭독할 수 있게 되었다. 저음이 매력인 시훈이와 진중한 경헌이는 처음부터 성실하게 따라와줬고 장난꾸러기 호진이도 시간이 지나면서 덩달아 차분해졌다. 한 사람이 소리 내어 읽는 동안 다른 사람은 눈으로 함께 읽는 시간이 경건하게 느껴지기도 했다.

《위저드 베이커리》를 완독한 날, 생각 같아서는 소리 내서 읽으니 어땠냐고 묻고 싶었지만, 아이들이 저마다 느끼고 있을 여운을 방해할 것 같아 말을 삼켰다. 다음날, 시훈이가 와서 말했다.

"선생님, 어제 《위저드 베이커리》 읽었잖아요. 재미있었는지 꿈에 그 뒷이야기가 나왔어요."

세 남학생과 1, 2학기를 함께했다. 화요일과 목요일 방과 후에 만나 책을 읽고, 한 권을 다 읽으면 떡볶이나 피자, 치킨 같은 걸 배달시켜 먹기도 했다. 아이들은 먹으면서도 책 이야기를 했고 나는 음식물을 책상에 묻히지 말라고 잔소리를 했다.

아이들의 제안으로 역사서, 철학서를 읽기도 했지만, 어느새 우리는 다시 문학작품을 읽고 있었다.

"다음엔 고전문학을 읽는 게 어때요?"

누군가 말했고 우리는 《데미안》헤르만 헤세 글, 전영애 옮김을 읽기로 했다.

《데미안》은 읽기에 결코 만만한 작품이 아니다. 나도 《데미안》을 어렵게 완독한 기억이 있는데, 이번에는 어느 때보다 더 진지하게 읽었다. 신기하게도 어떤 책을 낭독하는지에 따라 아이들의 분위기도 달라졌다. 경쾌한 청소년소설을 읽을 때는 투명하고 가볍던 아이들이 《데미안》 같은 고전을 읽을 때는 묵직하고 내밀해지는 듯했다. 아이들은 난해한 명작 《데미안》을 완독한 여운을 오래 즐겼다. 특히 호진이에게 《데미안》 완독은 큰 자랑이었고, 나중에는 다른 출판사의 판본까지 찾아 읽었다고 했다.

한번은 내가 처음에 바란 대로 혼자서 책을 읽기 어려운 영주가 '낭독 독서' 수업을 신청했다. 문제는 같이 신청한 민서와 독서 수준의 차이가 크다는 것이었다. 나는 민서에게 이번 학기에는 짧고 쉬운 책 위주로 읽을 계획이라고 미리 말했다. 민서도 좋다고 했다.

《긴긴밤》, 《소년과 두더지와 여우와 말》찰리 맥커시 글·그림, 이진경 옮김, 《나는 강물처럼 말해요》조던 스콧 글, 시드니 스미스 그림, 김지은 옮김를 함께 읽었다. 영주는 조사를 생략하고 읽는 버릇이 있었고, 민서는 첫 어절을 발음할 때 호흡을 다 써버려 한 문장을 한 호흡으로 읽지 못했다. 발음과 호흡을 교정하며 천천히 읽다보니 저절로 문장을 음미하게 되었다.

동시도 읽었다. 《어이없는 놈》김개미 글에서 마음에 드는 시를 세 편씩 골라 번갈아 읽다보니 금세 시집 한 권을 다 읽었다. 일부러 그런 건 아닌데 유독 이 두 아이와 책을 읽을 때 나는 와, 좋다, 진짜 좋지? 같은 말을 많이 했다. 정말 좋았다.

책을 가져도 되느냐고 몇 번이나 묻는 영주에게, "응. 네 책이야. 네가 다 읽은 책이잖아."라고 말하자 영주는 허리를 깊숙이 숙여 인사했다.

"선생님, 책을 주셔서 감사합니다."

영주는 졸업한 뒤에도 가끔 도서관에 찾아왔다. 도서관이 있는 4층까지 애써 올라와서는 일 분도 머무르지 않고 돌아갔다. 얼마 전엔 서점에 가서 책을 샀다며, 또 오겠다고 꾸벅 인사를 하고 돌아갔다.

낭독 맛집으로의 초대

가끔 생각한다. 낭독을 만나지 않았다면 아이들에게 이렇게 즐거운 독서 경험을 나눠줄 수 있었을까? 아마 그저 '책은 좋은 것이니 읽어야 한다'고만 했겠지.

이제 나는 신입생들에게 도서관 이용 교육을 할 때 이렇게 인사를 건넨다.

"여러분, 낭독 독서 맛집에 오신 것을 환영합니다!"

물론 진짜 맛집은 아니다. 특별한 비결이나 거창한 노하우가 있는 것도 아니니 말이다. 하지만 아이들에게 먼저 손 내미는 일만큼은 자신 있다. 자신의 목소리로 책을 읽고, 낭독극을 하며, 눈으로만 읽을 때는 발견하지 못했던 장면과 마음을 만나고, 더 깊이 생각해보는 경험을 함께 나누고 싶다. 손을 맞잡으면 알게 될 것이다. 낭독이 얼마나 맛있고, 또 얼마나 멋있는지. 아이들이 내 손을 발견해주기를, 그리고 그 손을 잡아주기를 바란다.

아몬드 | 손원평 글 | 다즐링

책은 내가 갈 수 없는 곳으로 순식간에 나를 데려다주었다. 만날 수 없는 사람의 고백을 들려주었고 관찰할 수 없는 자의 인생을 보게 했다. 내가 느끼지 못하는 감정들, 겪어 보지 못한 사건들이 비밀스럽게 꾹꾹 눌러 담겨 있었다. 그건 텔레비전이나 영화와는 애초에 달랐다.

영화나 드라마 혹은 만화 속의 세계는 너무나 구체적이어서 더 이상 내가 끼어들 여지가 없었다. 영상 속의 이야기는 오로지 찍혀 있는 대로, 그려져 있는 그대로만 존재했다. 예를 들어, '갈색 쿠션이 있는 육각형의 집에 노란 머리의 여자가 한쪽 다리를 꼬고 앉아 있다.'가 책의 문장이라면 영화나 그림은 여자의 피부, 표정, 손톱 길이까지 전부 정해 놓고 있었다. 그 세계에 내가 변화시킬 수 있는 건 아무것도 없었다.

책은 달랐다. 책에는 빈 공간이 많기 때문이다. 단어 사이도 비어 있고 줄과 줄 사이도 비어 있다. 나는 그 안에 들어가 앉거나 걷거나 내 생각을 적을 수도 있다. 의미를 몰라도 상관없다. 아무 페이지나 펼치면 일단 반쯤 성공이다.

나는 너를 사랑하겠노라.
그것이 죄가 될지 독이 될지 혹은 꿀이 될지
영원히 알 수 없더라도
나는 이 항해를 멈추지 않으리.

의미는 전혀 와닿지 않지만 상관없다. 눈으로 글자를 따라가는 것으로 충분하다. 책의 향을 느끼며 한 글자 한 글자, 모양과 획을 눈으로 천천히 좇는다. 그건 내게 아몬드를 씹는 것만큼이나 신성한 의식이었다. 눈으로 충분히 글자를 더듬었다고 생각되면 이번엔 소리를 내어 읽어 본다. 나는, 너를, 사랑하겠노라. 그것이 죄가, 될지, 독이, 될지, 혹, 은꿀이, 될지, 영원히알, 수없, 더라, 도나, 는, 이항, 해를, 멈추, 지않, 으리,

아이들과 낭독하기 좋은 책

긴긴밤

루리 글·그림 | 문학동네

세상에 마지막으로 남은 흰바위코뿔소 노든과 버려진 알
에서 태어난 펭귄이 외로움과 상처를 조심스레 어루만지
며 한 번도 본 적 없는 바다를 찾아간다. 거기에 무엇이 기
다리고 있는지도 모른 채. 길고 어두운 밤을 건너며 서로
를 보듬는 돌봄의 힘은 따뜻한 기적을 만들어 낸다.

이야기의 이야기의 이야기

이만교 글 | 상상

소년 전기수가 이야기 장수가 되어 모험과 시련을 거치며
성장하는 과정이 흥미진진하게 그려진다. 전기수는 이야
기를 지어서 팔고 빼앗겼다 되찾는 여정을 겪으며 단순한
이야기꾼이 아닌 자신만의 목소리와 정체성을 가진 사람
으로 성장한다. 주인공과 함께 모험하면서 이야기가 어떻
게 우리 삶을 움직이는지 생각해볼 수 있다.

나는 강물처럼 말해요

조던 스콧 글 | 시드니 스미스 그림 | 김지은 옮김 | 책읽는곰

시인 조던 스콧의 자전적인 이야기. 말을 더듬는 아이가
자신의 말하기를 부끄러움이 아닌 하나의 흐름으로 받아
들이게 되는 과정을 그린 그림책이다.
"강물이 어떻게 흘러가는지 보이지? 너도 저 강물처럼 말
한단다."

학교를

그만두고

학교에 갑니다

성
경
숙

학교를

그만두고

낭독을 배운다고요?

오랜만에 전 직장 동료들이 모였다. 우리는 경기도의 한 고등학교에서 만났다 흩어졌는데, 그 시절 맺은 인연을 잊지 못했다. 나처럼 명예퇴직한 분도 있고, 각자 근무하는 환경도 달라졌지만 여전히 가끔씩 만나곤 한다.

오랜만이라 각자의 근황과 안부를 물으며 분위기는 화기애애했다. 교감 발령을 앞둔 조 선생님이 눈빛을 반짝이며 나에게 물었다.

"요즘 하시는 일 중 딱 한 가지만 말씀해주시죠."

그러게, 나는 요즘 뭘 하지? 잠시 생각에 잠겼다.

1년간 배운 낭독 덕에 다양한 낭독회에 참여한다. 오디오북 내레이터로 활동하며 몇 권의 오디오북을 냈고, 책 이야기와 낭독을 하는 팟캐스트를 진행한다. 어설프지만 낭독 유튜브도 시작했다. 요즘은 학교에서 낭독 공연을 하고, 성인을 위한 낭독 수업도 한다. 생각해보니 생존 운동과 여행, 몇몇 모임을 제외하면 온통 낭독이다.

"왜, 낭독을 배우고 싶으셨어요?"

글을 알면 누구나 소리 내어 읽을 수 있는데, 그걸 배운다고? 낭독을 가르쳐주는 곳이 있다는 말을 들었을 때는 사실 고개를 갸웃거렸다. 당연한 걸 배우는 게 신기해서 홈페이지를 찾아 살펴보니 개설된 강의도, 마감된 강의도 많았다. 궁금했다. 특별한 게 있을 것 같았다.

"재밌었어요?"

재밌었다. 수강생이 돌아가며 낭독을 하면 강의를 맡은 성우님이 조언을 해주는 형식으로 수업이 진행되었다. 과제도 있었다. 낭독을 녹음해 그룹 채팅방에 올리기. 처음 내 낭독을 녹음한 날, 녹음한 파일을 듣는데 묘하게 기분이 좋았다. 구름 위를 둥둥 떠다니는 것 같더니 잠들 때까지 마음이 몽글몽글했다.

그 느낌이 좋아서 매일 녹음하고, 매일 들었다. 산책하면서, 설거지하면서, 밥 먹으면서 들었다. 밤에 잠을 청할 때도, 아침에 잠이 덜 깬 채 뒹굴거릴 때도 들었다. 납작하게 누워 있던 활자가 내 목소리를 타고 일어나 살아나는 느낌이었고, 무엇보다 내 목소리를 듣는 게 좋았다. 태어나 처음으로 자기 목소리를 만난 사람 같았다.

책에 집중이 안 될 때도 중얼중얼 낭독을 했다. 소리 내어 읽으면 쉽게 책 속으로 빠져들기 때문이다. 틈만 나면 책을 들고 거실로 나와 서성이며 낭독하던 모습이 떠오른다. 낭독은 정말 재미있는 놀이였다.

"배워보니 우리가 알던 낭독이랑 다르던가요?"

낭독을 배워보니 지금까지 내가 알던 낭독은 음독이었다. 낭독은 글을 소리 내어 읽되, 청중을 의식하며 '들려주는 것'을 목적으로 하는 읽기다. 음독은 청중의 유무와 상관없이 소리 내어 읽는 행위이다.

낭독을 배우던 초반에 나의 낭독은 사실 음독에 가까웠다. 강사님은 내 낭독이 '너무 매끄러워서 문제'라고 했다. 그냥 쭉쭉 읽어 나가지만 말고 문장에 머물러 그림을 그리라는 거다. 인물의 나이는 몇 살일지, 성격은 어떨지, 어떤 처지에 있을지 상상해보라고 했다. 메마른 나의 상상력으로는 가닿기 어려운, 고달픈 주문이었다.

꾸준한 연습이 쌓인 덕일까.《그레구아르와 책방 할아버지》마르크 로제 글, 윤미연 옮김를 읽을 때였다. 죽음을 직감한 할아버지는 그레구아르에게 자기 대신 수도원에 가서 알리에노르 와상에게 책을 읽어주라는 부탁을 한다. 도착 직전 할아버지의 부고를 듣지만 그레구아르는 되돌아가지 않는다. 할아버지의 마지막 부탁을 들어드리고 싶었기 때문이다. 그때 캄캄한 어둠 속에서 외벽을 따라 걸어가는 그레구아르의 뒷모습이 눈앞에 그려졌다. 어둠 속에 저벅저벅 걷는 소리도 났다. 그의 머리를 적신 새벽녘의 축축한 공기도 느껴졌다. 그의 뒷모습에서 슬픔과 안타까움, 그러나 기어코 해내겠다는 의지가 보였다. 드디어 알리에노르 와상 앞에 선 그레구아르의 기쁨과 경외감이, 먹먹하게 그를 따라가던 내 가슴에서도 진동했다. 그레구아르의 세계 속에 내가 서 있었다.

올가 토카르추크는 《다정한 서술자》올가 토카르추크 글, 최성은 옮김에서 우리가 책을 펼칠 때마다 기적과도 같은 놀라운 일이 벌어진다고 했다. 문자를 따라 시선이 움직이는 동안 뇌는 문자를 특정한 이미지나 생각, 냄새, 음성으로 변환한다. 그것은 단순한 정보가 아니라 문자로부터 흘러나오는 풍경과 향취, 소리에 관한 이야기라는 것이다. 낭독을 해보면 안다. 이 놀라운 기적은 문장을 소리 내어 읽을 때 강력해진다는 걸. 낭독은 단순히 소리 내어 읽기가 아니라, 활자로부터 살아나는 풍경과 향취, 소리를 감각하는 일이다.

모임 선생님들의 질문 덕에 지난 몇 년 동안의 내 일상이 머릿속에서 펼쳐졌다. 질문은 더 구체적으로 들어왔다.

"낭독 공연은 어떤 식으로 해요?"

학교에서 공연을 하게 된 건 일반인을 대상으로 했던 유료 공연 '권윤덕 그리고 낭독' 덕분이었다. 송정희 낭독학교의 기획으로 권윤덕 작가를 모시고 다섯 권의 작품을 낭독했다. 나는 오프닝을 맡아 《만희네 집》권윤덕 글·그림을 낭독했다. 커다란 그림책이 펼쳐진 무대 정면의 두 벽면과 공연장에 흐르던 말러의 교향곡이 떠오른다. 나를 포함한 낭독가들은 어둑한 관객석 중앙에 앉아, 조명을 켜고 그림책을 낭독했다. 목소리로 들려주는 이야기는 힘이 있다. 거기에 그림과 음악까지 더해져 하나의 서사로 빨려드는 몰입의 에너지는 압도적이었다. 모든 작품이 좋았지만 제주4·3사건과 일본군 '위안부'라는 아픈 역사를 다룬 《나무 도장》권윤덕 글·그림과 《꽃할머니》권윤덕 글·그림는 특별했다. 낭독가의 목소리로 작품을 듣자 아픈 역사를 살았던 인물들이 마치 내 눈앞에서 고통을 겪는 듯했다. 역사는 더이상 지식이 아니라 이야기로 다가왔다. 활자에 갇혀 있던 지식이 생물처럼 살아나 감정을 흔들었다. 그때 생각했다. 이 공연을 학교로 가져가고 싶다고. 학생들이 배우는 역사를 몸과 마음으로 느껴보는 경험을 하면 좋겠다고.

고맙게도 그날 관객석에서 공연을 보았던 역사 선생님이 나와 같은 마음으로 우리 팀을 학교로 초대했다. 그것이 시작이었다. 그렇게, 교사를 그만둔 나는 낭독가가 되어 다시 학교로 가는 길 위에 서게 되었다.

역사 그리고 낭독

학교에서 첫 공연은 '권윤덕 그리고 낭독'의 학교 버전, '역사 그리고 낭독'이었다. 역사 선생님의 초대를 받고 너무 기뻐서 덥석 하겠다고 했는데, 막상 하려니 걱정이 앞섰다. 학교에는 공연에 적합한 무대가 없다. 그나마 시청각실인데 거기에는 관객을 집중시킬 수 있는 스크린도, 목소리와 음악을 따로 송출할 콘솔도 없다. 스피커도, 조명도 공연에는 적합하지 않다. 그래도 하고 싶었다. 낭독의 힘을 믿고 할 수 있는 만큼만 하자 했다.

《나무 도장》은 제주4·3사건 당시 학살의 현장에서 기적적으로 살아남은 아이 '시리'의 이야기다. 낭독가는 '해방 공간' 제주의 희망을 담담하게 풀어가더니 어느 틈에 10년간 시리를 키운 어머니의 목소리로 제주에서 희생당한 주민들의 죽음을 전한다. 그 당시 경찰인 외삼촌도 토벌에 나서 주민들을 사살했는데, 그중 한 여인의 품에 안겨 있던 어린아이가 잊히지 않았다. 고작 서너 살 정도로 보이는 작은 아이. 밤중에 주민들이 사살된 밭담 앞으로 달려간 어머니와 외삼촌은 죽은 어미의 치마폭에 싸인 아이를 데려왔다. 그 아이가 바로 시리다. 시리가 물었다.

"어머니. 그럼 나도 빨갱이예요? 빨갱이가 뭐예요?"

"글쎄다, 바다 건너 먼 곳에서 날아온 말이겠지."

담담하게 묻는 시리의 목소리가 아프게 날아왔다. 관객석에서 눈물을 훔치는 소리가 들렸다. 공연이 끝난 뒤 작성한 소감문을 보니 많은 학생이 이 장면을 인상적으로 꼽았다. 극악무도한 폭력을 당했지만 그 까닭조차 모르는 상황이 안타까웠고, 아무것도 모르는 아이의 순진무구함과 시대의 잔혹함이 극명하게 대비되어 가슴이 아팠다고 했다. 시리를 데려와 재워놓고 눈물을 삼키는 외삼촌에게서 인간적 고뇌와 죄책감을 보았다는 학생도 많았다.

'역사 그리고 낭독'은 아픈 역사를 살아낸 개인의 이야기를 목소리로 들려주었다. 그림책은 멈춰 있는 장면임에도 보이지 않는 너머를 상상하도록 이끌었다. 영화를 보듯 몰입하며 감동했다는 반응을 보며, 역사 그림책 낭독의 힘을 실감했다.

마지막 낭독 작품 《꽃할머니》에서도 학생들은 목소리와 그림에 이끌려 역사 속 인물에게 빨려들었다고 말했다. 《꽃할머니》는 1940년 무렵 일본군 '위안부'로 끌려갔던 심달연 할머니의 증언을 바탕으로 만든 그림책이다. 꽃할머니는 열두세

살 때쯤 언니와 나물을 캐러 나갔다가 일본군 '위안부'로 끌려
가 모진 수모와 고통을 당한다.

> 사람들은 꽃할머니를 발로 차 버리고 언니의 머리채를 잡
> 아끌어 차에 태웠다.
> "언니야!" 부르며 울자,
> 사람들은 꽃할머니도 차에 주워 올려 버렸다.

낭독가가 다급하게 "언니야!"라고 소리칠 때 무대의 스크린
에는 군복 입은 커다란 사람들이 파란 꽃을 짓밟는 그림이 올
라갔다. 꽃댕기를 한 어린 소녀 둘을 붙드는 군인들의 손이 커
다랬다.

"영화 한 편을 본 것 같았다. 목소리와 그림을 따라가며 주
인공의 경험과 감정에 몰입하다보니 그 사건들은 단순한 역사
적 기록만이 아니라, 거기에 개인의 인생과 고통이 고스란히
담겨 있다는 것을 느꼈다. 그리고 우리 역사의 슬픔과 비극만
전하는 게 아니라, 아픔 속에서도 희망을 찾으려 했던 사람들
의 이야기도 함께 보여줘서 좋았다. 솔직히 시험이 끝나기도

해서 가지 말까, 고민했는데 후회 없는 선택이었다. 이 낭독회의 여운이 쉽게 사라지지 않을 것 같다."

엑셀 파일에 저장된 아흔네 편의 학생 소감문을 떨리는 마음으로 읽고 또 읽었다. 학생들이 어떻게 봤을까 궁금했는데 뭉클하고 기뻤다. 게다가 시험이 끝난 뒤, 그 꿀 같은 시간에 본 낭독 공연이 후회 없는 선택이었다니, 이보다 더한 찬사가 어디 있겠나.

처음 듣는 준이 목소리

송정희 낭독학교에서는 낭독가가 무대에 서기도 하지만 학생들을 무대에 세우기도 한다. 학생들을 무대에 세울 때는 학교 상황에 맞춰 가능한 몇 시간이라도 낭독을 지도하고 연습을 시킨다. 그 과정을 거치면 짧은 시간에도 낭독의 감각을 익힌다. 그리고 우리가 예상하지 못한 특별한 일도 생긴다. 준이가 그랬다.

경기도의 한 중학교 국어교과실. 학생들은 시 낭독회 연습을 하려고 두 줄로 둥글게 배치한 의자에 앉았다. 강사로 온 송정희 성우의 주문에 따라 엉덩이를 의자 안쪽으로 넣고 척추를 곧게 폈다. 성대가 눌리지 않도록 숙였던 고개도 들었다.

"척추를 바로 세우려면 양 발바닥은 바닥에 착 붙여야 해요."

아직 솜털이 보송한 중학교 1학년 학생들은 까불까불 몸을 파닥거리다가 강사의 말에 엉덩이를 들썩이며 척추를 세웠다. 다리를 모으고 발바닥을 바닥에 붙였다. 낭독 수업 전 호흡명상을 시작하려는 참이다. 준이는 이 말이 들리지 않는지 의자 위에 가부좌를 틀고 앉아 있었다.

"오, 그 자세 멋있는데?"

강사가 대단한 걸 발견한 듯 말하자 준이는 엉거주춤 의자에서 다리를 내리려고 했다. 무슨 일이지? 학생들도, 그 뒤에 앉아 있던 나도 순간 준이 쪽으로 시선이 쏠렸다.

"아니, 아니. 자세 바꾸지 마. 좀 전 그 자세 매력 있어. 이따 낭독회 때 앞에 나오면 이렇게 앉아서 낭독해줘. 여기 의자 하나 놔둘게."

다리를 내리려던 준이는 원래대로 의자 위에 양반다리를 하고 앉았다. 척추를 곧게 세우고 발바닥을 바닥에 붙여 자세를 정돈하는 일은 좋은 소리를 내기 위한 중요한 준비이다. 자세를 고쳐줄 줄 알았는데, 매력 있는 자세라며 오히려 칭찬을 하다니. 송정희 성우다운 섬세한 접근이다.

덕분에 준이의 어깨가 펴지고 등도 반듯해졌다. 공간은 금세 정돈되었다. 마음이 편안해진 학생들은 다시 자신이 낭독할 시로 돌아왔다. 성인도 마음이 불편하면 목소리가 떨려 낭독이 어려워진다. 낭독 전 호흡명상을 하는 이유도 숨을 고르며 긴장을 풀기 위해서다.

드디어 낭독 연습 시간. 학생들은 며칠 전부터 고르고 골라 종이에 정성 들여 쓴 시를 손에 들었다. 앞줄 왼쪽 학생부터 시작했다. 학생이 시를 낭독하면 강사는 발성, 발음, 끊어 읽기, 감성 등을 알려준다. 시의 내용을 묻기도 하며 이야기를 나눈다. 친구들의 엉뚱한 말에 웃음을 터뜨리거나 진솔한 고백에 고요해지며 학생들은 남아 있던 긴장도 풀어내는 듯했다. 떨린다면서도 자기 차례가 오면 제법 의젓하게 낭독을 했다.

곧 오른쪽 끝에 앉은 준이 차례가 되었다. 준이는 양반다리를 하고 앉아 왼손으로는 종이 한 장을 오른손으로는 친구가 건네준 마이크를 들었다. 할까 말까 망설이며 달싹거리는 입술, 준이의 목소리를 기다리느라 숨죽인 공간. 드디어 한 음절의 소리가 들렸다. 천천히 다음 단어, 잠시 쉬고 다음 구절. 준이는 입술을 움직여 소리를 내다가 다시 숨을 쉬고 집중하는 듯 숨을 멈췄다. 학생들 앞에 앉아 있던 송정희 성우가 일어나더니 가만히 준이 옆으로 걸어갔다.

"어디에?"

"산모퉁이에."

"그렇지. 그리고 또?"

"아주 정답게."

"그렇구나. 정답게 어떻게 했어?"

"어깨동무를 하고 갑니다."

"옳지. 천천히 다음 문장 눈으로 보고."

준이는 그렇게 시 한 편을 다 읽어내렸다. 낭독이 끝난 건지 아닌지 몰라 머뭇거리던 학생들이 한 박자 느린 박수를 보냈다. 뒷자리에서 준이의 낭독 영상을 찍고 있던 나도 서둘러 휴대폰을 내려놓고 박수를 쳤다. 준이가 웃었다. 뒤에 이어진 진짜 낭독회에서, 준이는 무대에 놓아둔 의자 위에 양반다리로 앉아 시 한 편을 혼자의 힘으로 낭독했다.

준이는 통합교육 대상자[*]로 읽기가 서툴다는 걸 나중에 들었다. 낭독회를 기획한 국어 선생님은 준이가 연습부터 시 낭독회까지 두 시간이나 가만히 앉아 있었다며 놀라워했다. 준

---

[*] 특수교육 대상자 중 일반학교(초·중·고등학교 등)에서 교육받는 학생.

이를 담당하는 특수교육 교사는 여러 사람 앞에서 준이가 시 낭독을 해냈다는 소식에 눈이 휘둥그레졌다. 녹화 영상을 보내드렸더니 몇 번이나 돌려봤다고 한다.

그날 국어 선생님은 준이 목소리를 처음 들었다고 했다. 학교에는 준이 말고도 읽기가 느리고 서툰 아이들이 여럿 있다. 낭독 수업을 하느라 여러 학교에 다니다보면 어디에나 '준이'는 있다. 어눌한 말투가 부끄럽고, 더듬더듬 읽는 모습을 들키고 싶지 않은 아이들이 있다. 그래서 말하기보다는 듣기를, 드러내기보다는 숨기를 택하는 아이들. 그렇게 오랫동안 자신의 목소리를 내지 않은 아이들이 있다. 이 아이들이 낭독을 하겠다고 떨리는 목소리로 조심스럽게 입을 떼면 나 역시 떨리는 마음으로 응원한다. 더디더라도 끝까지 해내기를. 그리고 스스로 기뻐하기를.

예전 국어 시간에 교과서를 소리 내어 읽혔을 때 수업에 관심 없는 학생들도 자기 차례를 기다려 읽곤 했던 기억이 난다. 소리 내어 읽을 때 느끼는 즐거움, 글자가 목소리로 살아 움직이는 신비로움. 내가 책을 낭독하며 느꼈던 바로 그 재미를, 학생들도 맛보았을 것이다. 그래서 나는 학생들을 낭독 무대에 세우고 싶다. 세상 앞에 자기 목소리를 내는 설렘, 문학에 깊이 잠기는 기쁨, 소리 내어 읽는 즐거움, 그리고 무엇보다 그 순간 만큼은 온 감각이 깨어나는 경험을 함께 나누기 위해.

읽다 프로젝트_소년이 온다

　　　　　12·3 비상계엄을 막아세운 힘은 80년 광주의 비극으로부터 배운 시민정신이었다. 과거가 현재를 구 한다는 사실을 절감하며, 나는 다시《소년이 온다》한강 글를 손 에 쥐었다. 이 소중한 깨달음을 학생들과 함께 나누고 싶었다. 때마침 고등학교 국어교사로 재직 중인 친구가 국어 교과 체 험으로《소년이 온다》를 낭독하고 싶다며 우리 팀을 초대했다. 그 인연으로 경상북도의 M고등학교에서도 연락이 왔다.

이 학교에서는 사람들 사이 생각의 차이로 벌어진 틈을 메 우고 싶어 '이오공감 프로젝트, 틈을 메우다'라는 프로그램을 기획했다고 한다. 1학년 학생들과 한 학기 동안《소년이 온다》 를 읽으며 다양한 활동과 체험을 이어갔는데, 그 마침표로 낭 독 공연을 하고 싶다는 것이다. 마침 송정희낭독학교가 있다 는 이야기를 듣고 우리에게 연락을 했다고 한다.

낭독할 텍스트는 책에서 여덟 개의 장면을 뽑았는데 관객의 나이가 열일곱인 것을 고려해 열여섯 살 동호와 정대의 서사에 집중했다. 1부는 이 텍스트로 내가 낭독했다. 이땐 책을 안 읽고 낭독만 들어도 내용을 이해할 수 있게 장면과 장면 사이에 스토리텔링을 덧붙였다. 2부에서 학생들은 스토리텔링 대신 자신이 맡은 장면에 대한 단상을 이야기하고 같은 텍스트로 낭독을 했다. 학생 낭독가는 신청을 받았다. 공연 전까지 두 번의 온라인 지도를 받고, 매일 낭독 녹음 파일을 올리며 연습하는 동안 학생들의 목소리는 깊어졌다.

공연이 열린 도서관은 교실 두 개를 합친 듯 널찍했다. 출입문과 칠판, 창문을 제외한 벽면은 책들로 빼곡했고, 무대가 될 공간 뒤 책장은 하얀 전지 여러 장으로 덮어 깔끔했다. 무대에 서는 건 언제나 떨린다. 마이크를 잡고 정면을 바라보니 어둠 속에 숨죽인 관객들이 보였다. 학생, 교사, 학부모가 약 쉰 명. 앞줄에는 2부에 낭독할 소년 낭독가 여덟 명이 차분히 앉아 있었다. 고요하고 팽팽한 공기를 느끼며 낭독을 시작했다.

소년이 온다, 한강.

제목을 읽고 첫 장면을 낭독하기 전에 전자 칠판에 띄운 그림을 보았다. 짙푸른 어둠 속에 한 쌍의 눈이 또렷하다. 귀를 바닥에 대고 웅크린 채 정면을 응시하는 아이. 벌건 눈가에 하얀 눈물이 고였다. 광장에서 정대를 놓치고 집으로 온 동호다. 동호는 함께 광장에 갔다가 계엄군의 총에 맞아 쓰러진 정대를 두고 홀로 집으로 도망친다. 동호의 고통을 지나 영혼이 된 정대 이야기로 넘어가는 동안 관객과 나는 천천히 두 사람의 서사와 감정을 쌓아갔다. 마지막은 동호가 죽는 장면이다.

한 줄로 아이들이 걸어오고 있었던 겁니다. 우리가 시킨 대로 두 팔을 들고, 줄을 맞춰 걸어오고 있었던 겁니다.

이 장면은 동호가 죽는 걸 목격한 어떤 시민군의 인터뷰로 공연의 클라이맥스이자 마지막 부분이다. 항복하면 살 수 있으리라는 희망을 품고 두 손을 들고 걸어온 아이들, 그 희망을 철저히 짓밟은 장교의 행동은 끔찍했다. 낭독하는데 머릿속에 상상하던 장면이 눈앞에서 펼쳐지는 것 같았다. 내 목소리에 실려 나를 향해 걸어오는, 열여섯밖에 되지 않은 어린아이들의 발소리. 인간이란 무엇일까.

2부는 소년 낭독가들의 무대였다. 여덟 명의 학생들이 순서대로 무대에 나왔는데 표정이 사뭇 진지했다.

온라인 수업에서 처음 만났을 때 아이들은 "예. 그렇습니다." 라거나 "알겠습니다."라는 등 있는 대로 격식을 갖추며 점잖은 척했다. 특히 국립5·18 민주묘지에 다녀온 소감을 나눌 때 '인간은 잔인한 존재인가'를 질문하고, 기억해야 할 과거와 민주주의에 대해 말하는 걸 보며 어떻게 저리 사유가 깊을까 놀라웠다. 하지만 아이들은 역시 아이들이었다. 수업이 진행되자 몸을 비트는 아이를 시작으로 거울을 앞에 두고 여드름을 짜는 아이가 있는가 하면, 그걸 보고 킬킬대는 아이도 보였다. 도서관을 무대로 꾸밀 때는 어땠나. 뛰어다니고 서로 엉켜 뒹굴다 의자를 나르고, 다시 또 깔깔대며 도망다니길 반복하던 아이들이었다. 그랬던 아이들이 무대에 서자 세상에서 가장 의젓한 자세로 마이크를 잡는 게 아닌가.

첫 낭독가였던 진서는 정중하게 인사를 한 뒤 오른손으로 마이크를 잡고 텍스트에 대한 자신의 단상을 얘기했다. 그때였던 것 같다. 인사하는 목소리에 묘하게 마음이 흔들리더니, 낭독을 시작하자 가슴이 울렁거리며 들썩이기 시작했다. 진서의 목소리에 동호가 겹쳐졌기 때문일까. 함께 자전거를 타고 배드

민턴을 치며 놀던 80년의 동호와 정대가 이 시대를 살았다면 딱 저 아이들 같았겠구나 싶었다. 국가가 저런 아이들에게 총을 쏘았단 말인가. 이런 생각이 밀려오자 울렁이던 마음이 끝내 눈물로 이어졌다. 한 명 한 명 무대에 나와 낭독을 할 때마다 과거에서 걸어나온 소년이 보였다. 그들은 다름 아닌 동호와 정대였다.

"제가 실제로 5·18을 경험한 듯, 사건의 중심에 있었던 것 같았습니다."

"마치 내가 동호가 되어 말하는 느낌이었습니다. 상상인데도, 그 순간만큼은 너무나 생생해서 정말 그런 일이 벌어진 것처럼 느껴졌습니다."

"당시 제 또래 학생들이 얼마나 고통스럽고 두려웠을까, 생각했습니다."

공연이 끝난 뒤 나눈 소감이다. 낭독하는 동안, 아이들은 동호와 정대를 살아냈는지도 모른다. 공부는 머리에서 가슴으로, 가슴에서 발끝으로 내려가는 여행이라고 했다. 아이들은 '이오공감 프로젝트, 틈을 메우다'부터 낭독 공연에 이르기까지, 이 모든 과정에서 진짜 공부를 하고 있구나 싶었다. 아이들은 활자를 뛰어넘어 인간의 마음을 알아가는 시간이었을 것이다. 폭력에 반대하는 마음, 서로 연민하는 마음, 고통을 보듬는 마음…. 시간이 지나면 아이들은 이날을 꼼꼼히 기억할 수는 없을 것이다. 하지만 가슴에 새겨진 저 마음들은 몸으로 기억하지 않을까. 우리 공연은 그것만으로 충분하다.

학교를 그만두고 학교에 갑니다

국어 시간에 교과서를 자주 읽혔다. 낭독은 문해력과 학습력 향상에 꽤 효과적이기 때문이다. 학교를 그만두고 새롭게 낭독을 배워보니 나에게 두 가지 오해가 있었다는 것을 알았다. 하나는 내가 알던 낭독은 음독이었다는 것. 그리고 낭독을 문해력 증진의 도구로만 생각해왔다는 것. 낭독은 결과적으로 문해력 향상에 도움이 되지만 그보다는 상상하고 몰입하는 즐거움이 더 크다. 더 깊이, 더 감각적으로 책 속에 빠져들게 하는 유희에 가깝다.

평생 문학을 읽고 가르칠 때는 모르다가, 학교를 그만두고 나서야 문학으로 통하는 길을 발견한 것 같다. 낭독가가 되어 다시 돌아간 교실은 이제 책의 세상을 펼쳐놓을 공간으로 달리

보인다.

무대에 서는 건 떨리지만 재미있다. 낭독 공연을 경험한 후 마음과 생각이 움직이는 학생들을 보면 가슴이 벅차고, 준이처럼 자기 목소리를 만나게 한 순간은 뭉클하다. 연습하고 성장해서 당당하게 서사를 끌어가는 아이들의 목소리를 들을 땐 보람도 느낀다.

하지만 그중에서도 제일 재미난 건, 낭독을 하고 듣는 일이다. 특히 잠 안 오는 밤에 들으면 솔솔 잠이 온다. 어제도 내가 쓴 글을 녹음하고 자기 전에 들었다. 이 글도 녹음해서 들어야겠다. 살짝 기분이 좋아진다.

인터뷰에 앞서 '나는 당신을 알고 있다'(전문성을 갖고 있음을 보여주는 거죠)와 '나는 당신을 알고 싶다', 이렇게 두 가지 요소를 준비합니다. 자기를 이미 충분히 알고 있고, 거기서 더 나아가 자기를 더 알고 싶어하는 사람에게 마음을 열지 않을 사람은 없습니다. 자기도 못 보는 자신의 맥락을 읽어주니 상대는 놀라고 기뻐할 수밖에 없죠. 타자의 시선으로 상대를 바라보기에 그런 맥락을 읽을 수 있는 것 같아요.

그리고 저는 인터뷰이와 하나가 되고 싶은 욕구, 그와 일체감을 느끼고 싶은 욕구를 갖고 인터뷰에 임합니다. 세계 각국의 석학들과 인터뷰하는 경우가 많은데, 그와는 다시 인터뷰할 가능성이 크지 않다는 점이 최선의 인터뷰를 하게 만드는 동력이 되기도 해요. 이런 비유가 적절할지 모르지만,

배우가 자신 안에 있는 여러 페르소나 중 하나를 꺼내 연기를 하는 것처럼 저도 인터뷰이에 맞춰 제 안에 있는 여러 페르소나 중 하나를 꺼내 대화를 진행합니다. 그렇게 합을 맞춰가는 거죠.

아이들과 낭독하기 좋은 책

그린 레터

황모과 글 | 다산책방

키우는 사람의 마음을 담는 잎새가 있다. 비티스디아. 얼음산국 쿠진족의 후손인 이륀은 희귀종인 이 식물에 담긴 사람들의 이야기를 해독하고 싶어한다. 잎맥에 담긴 가슴 아픈 사랑의 연대기를 따라가다보면 독자는 단숨에 고향에서 쫓겨나 고통받은 사람들의 서사에 빠져들게 된다.

가재가 노래하는 곳

델리아 오언스 글 | 김선형 옮김 | 살림출판사

전 남자 친구가 시체로 발견된다. 습지에 혼자 사는 카야가 범인으로 지목된다. 사건을 둘러싼 증거, 목격자, 살해 동기가 모두 카야를 가리킨다. 하지만 정반대의 정황 역시 카야가 아님을 증명하고 있다. 진실은 무엇일까. 가슴 설레는 러브스토리, 환상적인 자연환경, 촘촘한 관계 설정, 그리고 카야의 성장. 모든 문장에 밑줄 치고 싶은 델리아의 소설을 낭독해보자. 어느새 카야가 되어 있을 것이다.

양면의 조개껍데기

김초엽 글 | 래빗홀

설마, 아직 김초엽의 소설을 읽지 않은 사람이 있다고? 그렇다면 당장 읽어보자. 무엇을 읽어도 다 좋지만 2025년에 나온 이 작품부터 시작해도 좋다. 압도적인 상상력으로 인간의 본질에 다각도의 질문을 하는 일곱 편의 중단편을 낭독하며 읽어보면 어떨까.

아름답고 깊은 이해의 말, 낭독

최은숙

아름답고 깊은 이해의 말,

죽을 때까지 배운다지만

송정희 성우가 내가 일하는 충남 공주의 중학교를 찾았던 날, 학교에서 하루를 함께 보내고 돌아와 잠자리에 누웠을 때 탄식이 절로 나왔다. 죽을 때까지 배운다는 말이 있다지만, 국어를 가르친 지 30년이나 되었는데도 '읽기'에 대해 새로 알게 되는 것이 또 있다니.

오늘 참관한 수업을 조금 일찍 만났더라면 나와 아이들의 교실은 다른 그림을 그릴 수 있지 않았을까? 나는 듣기보다는 읽기를 선호하고 말하기보다 쓰기가 편하다. 그러니 '육성'으로 읽거나 읽어주는 것에 별로 관심을 두지 않았다. 역시 글은 혼자 속으로 읽는 게 좋다고 생각했다. 그래서 송정희 성우가 우리 학교 학생들에게 한두 시간이라도 낭독을 가르쳐주겠다고 제안했을 때, 내가 환대한 것은 사실 낭독 교육보다 대가 없이 가진 것을 나누는 그 마음이었다. 낭독이 뭔지 모르고 낭독 전문가를 만난 것이다.

송정희 성우의 음성을 만난 것은 3년 전이다. 몇 해 전 출간한 책을 오디오북으로 만들고 싶다는 출판사의 연락을 받았다. 출판사에서 들려준 여러 목소리가 다 좋았지만, 그중에서도 특히 마음에 스며드는 음성이 있었다. 송정희 성우의 목소리였다. 맑으면서 깊었고 따뜻함과 서늘함이 공존하고 있었다. 그런데 하필 그 사람이 삼십 대 젊은 나이에 강원도 횡성 산골짜기로 들어가버렸다지 않은가. 더는 돈 버는 일에 끌려다니지 않겠다면서. 오디오북의 녹음 가능 여부를 떠나 그 사람에 마음이 갔다. 출판사 대표가 편지를 써서 책과 함께 그가 사는 강원도 횡성으로 보냈다. 그후 송정희 성우가 오디오북 녹음에 응했다는 소식을 들었다. 녹음된 음성 파일을 들으면서 고개가 끄덕여졌다. 이야기의 행간을 깊이 이해하고 있을 뿐 아니라 글을 쓴 사람보다 메시지를 훨씬 잘 전달하고 있었다.

각자의 책상 앞이 무대

목소리로만 알고 있던 송정희 성우를 학교에서 만난 그날, 성장기의 학생들이 제대로 낭독을 만나면 어마어마한 일이 일어날 수 있겠다는 생각이 들었다. 그날 내가 느낀 낭독의 가장 큰 매력은 평범한 학생 한 명 한 명이 한 편의 글, 한 권의 책을 읽는 동안 모두 이야기를 끌어가는 주인공이 될 수 있다는 것이었다. 극 형태의 예술은 소수의 학생이 무대에 서고 나머지는 관객이 될 수밖에 없다. 작품을 감상하는 것도 큰 즐거움이지만, 즐겁다고 부럽지 않은 건 아니다. 중심에서 상황을 주체적으로 이끌어보는 경험은 상상 이상으로 큰 성장의 동력이 된다. 나는 낭독 무대가 학생 각자의 책상 앞인 게 마음에 들었고, 낭독자가 서 있는 곳은 그곳이 어디든 무대가 될 수 있다는 걸 깨달았다. 낭독자는 자기 무대에서 배우이자 감독 역할을 동시에 할 수 있다.

그날 송정희 성우는 낭독을 배우고 있는 국어교사와 함께 왔다. 두 사람은 개울을 따라 들판을 산책하고 돌아와 학교가 정말 아름답다고 했다. 수줍게 웃으며 비켜 가는 아이들만 봐도 뭉클하다고 했다.

나도 우리 학교가 아름답다. 눈이 마주치면 하루에 열 번도 인사하는 아이들이 있고, 아침마다 청보랏빛 나팔꽃이 수백 송이씩 피어나는 이 학교가 나의 일터라는 것이 경이롭다. 수업하다보면 마치 우리 학교에 달린 것처럼 바짝 붙은 텃논이 어느새 노랗게 익어 유리창에 가득 차 있다. 와, 저 벼 익은 것 봐라, 저게 그 투명하다는 햇빛의 색깔인가? 아이들은 별걸 다 감탄한다는 듯 피식 웃으면서도 같이 창밖을 본다. 이런 한 장면, 한 장면에 한눈을 파는 해찰이 국어 수업이라고 생각하면서 나도 웃는다. 비가 오면 우산을 쓰고 맨발로 풀밭을 걷는 아이들은 또 얼마나 예쁜지. 이렇게 살아가는 우리들의 이야기를 모으고 싶었다.

전교생 여든여섯 명, 교사 열다섯 명. 아담하고 단출한 학교에서 1학년 신입생부터 교장 선생님까지 모두 한 편씩 시를 썼다. 1학기엔 학생들이 쓰고 2학기엔 교사들이 썼다. 선생님들도 시를 쓴다는 말에 아이들은 잔뜩 기대하면서 한편으로 걱정했다. 우리 담임 선생님 시 쓰셨냐고 수업 들어갈 때마다 물었다. 영어 선생님은 시가 안 써진다며 고민하신다, 과학 선생님도 시가 어렵다고 하셨다, 선생님들도 잘 쓰셔야 할 텐데 걱정이다, 저희끼리 주고받는 말을 들으면 얼마나 재미있고 사랑스러운지 모른다.

전교생이 쓴다는데 우리도 같이 써보자, 이번 기회에 시를 배워보자, 하고 용기를 냈지만, 막상 쓰려니 앞이 캄캄해진 교사들은 시를 완성한 아이들이 대단하다고 생각하지 않을 수 없었다. 시를 어떻게 쓰는지 가르쳐달라고 묻는 한 선생님에게 1학년 학생이 이렇게 대답했다고 한다.

"일단, 선생님의 일상 중에서 시로 쓰고 싶은 것을 찾아보세요. 처음부터 잘 쓰려고 하지 말고 먼저 '있었던 일'을 일기처럼 자세히 써보세요. 그런데 그건 소재예요. 소재와 주제는 달라요. 그 이야기를 통해 말하고 싶은 것이 무엇인가 생각해보세요. 그게 주제예요."

당당한 가르침을 받았다는 이야기에 교무실은 웃음꽃이 활짝 피었다. 우리가 쓴 시를 한마디로 정리한다면 '있었던 일 쓰기', 바로 그것이다. 슬펐던 일, 기뻤던 일, 부끄러웠던 일, 나에게 있었던 일 중에서 마음에 남아 있는 일을 세밀하게 써보기. 왜 그 일이 마음에 남았는지, 말하고 싶은 게 무엇인지 생각해보기. 이런 시 쓰기엔 뜬구름 잡는 관념이 들어오기 쉽지 않다. 그날이 그날인 것만 같은 우리 일상이 시의 가장 중요한 소재라는 것을 배우기에 경험을 시로 쓰기는 가장 좋은 방법이다. 특별한 일은 우리 삶에 자주 일어나지 않는다. 평범한 일상을 특별하게 바라보는 눈이 있을 뿐.

우리 시시한 시를 쓰자

"나는 소를 키운다."

2학년 여학생 함소이의 첫 문장을 읽고 깜짝 놀랐다. 소이네 송아지는 태어나자마자 어미 소한테 밟혀 골반이 틀어졌다. 수의사도 포기한 송아지를 할머니가 방으로 안고 들어가 분유를 먹이고 한 방에 재우면서 보살폈다. 대들보에 천을 매달고 송아지의 배를 감싸 일으켜 다리에 힘이 붙도록 훈련을 시켰다. 마침내 송아지가 걷게 되었다. 그다음부터 송아지 밥 주는 일은 소이가 맡았다.

"그게 뭐가 놀랄 일이에요? 너무 평범해서 딴 얘기 써야 하나 고민인데요."

다른 아이들도 말한다.

"소 키우는 건 우리한텐 흔한 일이에요."

"우리 동네에서만 흔한 거야. '나는 소를 키운다.' 대한민국의 어느 여중생이 그런 첫 문장을 쓸 수 있겠어? 자기가 가장 잘 아는 흔해 빠진 일상이 가장 좋은 글이 되는 거야. 그러니까 우리 시시한 시를 쓰자."

오이 박스 접는 이야기, 소 밥 주는 이야기, 손님이 없어 심심한 버스 운전사 아저씨가 자꾸 말 거는 이야기, 늦둥이 여동생이 태어난 이야기…. 결코 시시하지 않은 이야기들이 차곡차곡 시로 쌓였다.

열 번 피드백해도 불만 없이, 쓰고 또 쓴 시를 들고 교무실을 들락거리는 아이들이 있어서 좋았고, 아이들이 쓴 시를 읽고 웃음을 터뜨리다 동료 교사가 쓴 시를 읽고 눈시울이 붉어지는 선생님들이 있어서 좋았다. 교무실에서 시를 주제로 이야기를 나눌 수 있다니, 무엇보다 이 일을 함께하는 국어 선생님이 있어서 행복했다. 시집이 나오면 아이들과 조촐하게 출판 기념회를 할 계획이라고 했더니 송정희 성우가 기뻐하며 그러면 각자 자기가 쓴 시를 낭독하는 수업을 하자고 했다.

절실한 마음이 꾸밈없는 목소리에

송정희 성우의 낭독 수업은 명상으로 시작되었다. 깊은 들숨과 날숨, 잠깐의 호흡으로 고요하게 가라앉는 교실을 나는 경이롭게 지켜보았다. 낭독을 위해 허리를 곧게 펴고 어깨너비만큼 다리를 벌려 안정감 있게 서는 것부터 배웠다. 낯선 선생님 앞에서 아이들의 목소리는 더 기어들었다.

"오! 좋은데? 자, 이번엔 내가 한 발 떨어져서 들어볼게요. 그대로 읽으면 돼요. 내가 들을 수 있으려면 목소리가 지금보다 조금 커야겠죠? 아주 조금만 키워봅시다."

송정희 성우가 옆으로 물러서면서 자신을 바라보도록 했다. '아주 조금'은 부담이 느껴지지 않는지, 목소리는 송정희 성우가 한 발 한 발 멀어지는 대로 자연스럽게 커지고 또렷해졌다.

송정희 성우가 아이들을 대하는 태도에서 가장 크게 느낀 것은 존중이었다. 작은 목소리를 그대로 인정하면서, 분명한 목소리를 조금씩 끌어내었고 어른에게 하는 것과 똑같이 진지한 표정과 억양으로 말했다. 어린 학생이라고 한 수 접고 대하지 않았다. 자신이 아는 것을 아이들이 모른다고 생각하지 않는 것 같았다. 아무렇지도 않게 설명 없이 낯선 말을 던졌다. 나도 아이들도 "포즈"라는 말은 문장과 문장 사이에 잠시 여백을 두라는 말이라는 것을 상황이 반복되면서 알아차렸다.

"말하는 사람이 있으면, 그 옆에 또 누가 있죠?"

"듣는 사람이요."

"그렇죠! 바로 그거예요. 듣는 사람이 있어요. 그러니까 듣는 사람에게 우리가 하려는 말이 정확하게 가서 닿을 수 있어야겠죠."

송정희 성우는 이를 '읽기'가 아니라 '말하기'라고 표현했다. 우리가 하려는 말, 바로 그것이 시의 주제였다. 그러고보니 소리 내어 읽는 일은 본질적으로 말하기와 다르지 않다. 텍스트를 이해하고 말로 전달하는 행위가 곧 읽기라면, 낭독의 대상은 자연스럽게 듣는 사람이 된다. 속으로 혼자 읽을 때와 달리, 소리 내어 읽을 때는 이해와 감동을 전하는 메신저로서 듣는 이를 의식해야 한다. 단어 하나, 문장부호 하나가 주는 느낌까지 세밀하게 살피게 되는 까닭이다.

이런 읽기 훈련을 학교에서 한다면 어떨까. 문학뿐 아니라 사회, 역사, 영어, 기술·가정까지, 모든 과목의 모든 텍스트를 이런 방식으로 읽는 습관을 들인다면 말이다. 느닷없는 상상이었지만, 그 상상의 끝에는 각 과목에 대한 깊은 이해와 성장이 보였다.

송정희 성우가 창가에 앉은 윤서의 이름을 불렀을 때 나도 모르게 긴장했다. 말이 없는 윤서는 가장 마지막에 시를 냈다. 전학 오기 전에 겪은 아픔이 담긴 시였다. 안 읽겠다고 거부하지는 않았지만, 그렇다고 얼른 읽지도 않았다. 10초, 20초 시간이 흐르는 동안 교실은 고요했고 송정희 성우는 눈을 감고 기다렸다. "괜찮아요.", "할 수 있어요." 따뜻한 음성이 두어 번 들렸다. 시간은 자꾸 가고 이제 그만두자는 사인을 보내야겠다고 생각하는데 윤서가 입을 열었다.

버티자

난 고통받는 게 익숙하다
학교에서 피피티^{ppt} 만들기 속도가 느려서

무엇을 몰라도 물어볼 사람이 없어서

가만히 있으면 욕을 먹었다.

친구에게 상담해도 아무 의미 없었지.

난 그래서 전학을 하기로 했다.

아 또 학교생활이 힘들면 어쩌나.

불안함 때문에 위클래스 상담을 받았다.

난 이야기하며 울었다.

그러고 전학을 왔는데 많이 달랐다.

착한 애들이 많았다.

먼저 말을 걸어주는 애들도 있었다.

이렇게 행복할 수 있구나.

행복하면 날 고통스럽게 한 시간을 이기는 것이다.

어둠 속에서 한 발 한 발 내딛듯 천천히, 눈물을 삼키며 시를 다 읽은 윤서에게 박수가 쏟아졌다. 절실한 마음이 꾸밈없는 목소리에 담기니 가슴을 파고들었다. 윤서가 고맙고 윤서를 기다려준 송정희 성우가 고마웠다. 수업이 끝난 뒤 윤서를 살 피니 웃음 띤 얼굴로 친구들을 보고 있었다. 다른 친구들과 똑 같이 과제를 수행한 개운함이 느껴졌다.

지금 바로 여기에 그 시간을 불러

"자, 언제 일어난 일이죠? 학원이 늦게 끝난 날 무슨 일이 있었죠? 네, 집에서 전화가 왔군요. 누가 전화를 하신 건가요? 할머니는 왜 전화하셨을까요? 걱정되셔서 그랬군요. 그럼 걱정하시는 할머니를 생각하면서 그 부분 다시 읽어볼게요. 큐!"

언제 오니? 오늘 좀 늦네.

"그렇죠. 할머니의 마음이 담기니 아까와 조금 다르게 읽히죠? 그다음, 큐."

거의 다 끝났어. 곧 갈 거야. 뚝.

"할머니가 전화할 때 어때요?"

"그냥."

"왜 조금 무뚝뚝하게 전화를 받았을까요?"

"그냥 좀… 귀찮음?"

한나 자신도 잘 모를 것이다. 왜 할머니의 염려를 고맙게 받

지 않고 툭툭거리는지. 할머니가 뭘 잘못해서도, 싫어서도 아
니다. 삶의 무게가 표현을 왜곡할 때도 있다.

　지난 겨울방학에 작가를 초청해 며칠 동안 아이들과 소설을
공부했다. 하루는 한나가 버스를 놓쳤다며 전화했다. 다음 버
스를 타고 나오면 너무 늦으니 걸어가겠다고 했다. 40분이나
걸린다는데 차로는 10분이면 갈 수 있으니 태우러 가겠다고
하고 내비게이션이 안내하는 대로 갔는데 가보면 길이 아니었
다. 오솔길로 이어진 논과 밭과 산 아래에서 헤매다보니 차가
비좁은 낭떠러지 위에 서 있었다. 간신히 후진하여 돌아나오
다 한나를 만났다. 한나는 영하의 날씨에 반바지 차림으로 입
김을 뿜으며 뛰어왔다. 빨래한 옷이 아직 안 말랐다고 했다.

　미안한 마음

집에 가면 내가 올 때까지 기다렸다는 듯
그제야 가족들이 밥을 먹으러 식탁에 둘러앉는다.
나는 그런 모습이 짜증만 난다.
아, 먼저 먹지 왜 기다렸어!
너 밥 안 먹을까 봐 걱정돼서 그랬지.

그런 줄은 나도 알지만

방문을 쾅, 닫고 들어간다.

"포즈. 지금 한나는 식구들이 기다리고 있는 식탁을 떠나 방문 앞으로 갔어요. 방문을 쾅 닫아보세요. 그렇게 하고나니 어때요? 그 마음으로 읽어보세요."

오늘도 나는 미안한 마음을 방문 닫기로 표현한다.

"포즈. 할머니는 그런 한나를 미워하세요? 아니에요? 그렇죠. 야단치시지만 여전히 염려하고 소중하게 생각하시는 건 변함이 없죠. 할머니의 마음을 아는 한나니까, 다시 한번 가볼게요. 큐."

진짜 누구 고집인지, 먹든지 말든지 니 맘대로 해.

"포즈. 잠시 기다리세요. 큐."

할머니도 짜증 섞인 말투로 맘을 전하나보다.

"할머니의 짜증에 사랑이 감춰져 있는 걸 한나는 알죠. 깊은 마음은 천천히 옮기는 거예요. 후다닥 읽지 말고 천천히 다시 한번, 큐."

할머니도, 짜증 섞인 말투로, 맘을, 전하나보다.

쉼표 하나로 느낌이 저렇게 달라지다니. 낭독은 지나간 일을 되새기는 게 아니라 지금 바로 여기에 그 시간을 불러오는 것이었다. 한나는 시 〈미안한 마음〉이 있던 장면으로 가서 짜증을 내며 방문을 쾅! 닫고 들어갔다. 겉으로 드러나지 않은 할머니와 자기의 감정을 찾아내 단어와 단어 사이, 그리고 시의 행간에 담아 읽었다. 종이 위의 시가 입체적으로 생동했다. 특별한 시간이었다. 글에는 활자로 표현되지 않은 여백이 있다는 걸 아이들은 자기 목소리를 통해 다시 배웠다.

남의 글을 읽을 때는 글쓴이가 미처 다 하지 않은 말을 찾기 위해 더욱 집중하고 상상해야 한다는 것을 몸으로 배웠다. 무대의 주인공이 되는 게 끝이 아니었다. 낭독자는 글 속의 인물, 혹은 상황을 가장 적절하게 표현하고 싶을 것이다. 그러자면 상황과 인물의 성격에 맞는 속도와 감정의 빛깔을 찾기 위해 노력해야 한다. 내가 주인공이 아니라, 내가 살려내는 인물과 그 인물을 통해 드러나는 작가의 메시지가 이 무대의 진짜 주인공이었다.

아이들은 큐 사인이 좋았나보다. 낭독 선생님들이 다녀가신 뒤에도 누가 책을 읽으려고 하면 "큐!" 하고 손가락을 튕겨 나를 웃겼다.

시와 낭독이 그런 인연이었으면

어느새 추수 끝난 논이 고즈넉하게 비었다. 학교 가는 길 옆 텃밭의 배추들은 짚으로 묶이고 개울가에는 억새들이 하얗게 흩날렸다. 아이들이 기다리고 기다리던 시집이 드디어 도착했다. 시 낭송이 있는 출판기념회를 다 같이 준비했다. 낭송시에 맞춰 영상을 만들고 음악을 골랐다. 현수막을 예쁘게 디자인하고 초대장도 만들었다. 교사 대표로 시를 읽을 보건 선생님은 송정희 성우의 지도를 받아 연습했다. 출판기념회는 처음이라면서 어쩌면 그렇게 멋지게 일을 진행시키는지 동료 교사들에게 놀라움과 고마움을 느꼈다.

출판기념회는 풍성하고 따뜻했다. 자식이 쓴 시를 들어보려고 오신 부모님들, '수업 나눔'을 겸해 축하해주러 오신 공주

시내의 학교 선생님들, 전교생 간식을 들고 오신 교육청의 동문 장학관님, 장학사님, 역시 졸업생인 시장님 앞에서 아이들이 무대에 올랐다. 떨려서 머릿속이 하얗다면서도 처음 해보는 시 낭송을 배운 대로 천천히 이어나갔다. '포즈…, 떡집 안에 무슨 무슨 떡이 있죠? 한번 둘러보세요. 큐.' 어쩌면 송정희 성우의 음성이 귓가에 들렸을지도 모른다.

소문난 떡집

무지개를 담은 떡
우리 아빠 배처럼 볼록한 바람떡
폭신한 구름 위에 깨가 얹힌 방울기주
콩백설기, 두텁단자, 쑥찹쌀떡
어릴 때 항상 먹던 떡
무지개떡을 집어든다

처음 〈소문난 떡집〉이라는 시를 써서 왔을 때, 소문난 떡집에 무슨 무슨 떡이 있는지 묻자, 민주는 하굣길에 그 떡집에 들렀다. 먹음직하게 진열된 떡 이름을 알아와서 시 속에 넣었다. 자기가 말하는 떡을 듣는 이도 그림처럼 떠올릴 수 있도록 바람떡은 볼록하게, 방울기주는 방울같이 읽었다. 한두 번의 수업을 받았을 뿐인데 말맛을 살려내는 아이들이 대견하고 신기했다.

보건 선생님도 새로 산 예쁜 원피스를 입고 무대에 올랐다. 점심시간마다 선생님과 학교 밖을 산책하는 아이들의 영상이 흘렀다. 개울 둑길을 뛰어가는 아이들의 웃음소리, 떠드는 소리 그리고 그 시간을 담은 시. 기쁠 때와 아름다움을 느낄 때 눈물이 나는 것은 늙었다는 뜻이라던데 자꾸 눈물이 났다. 시장님은 이다음엔 졸업생도 시 쓰기에 끼워달라고 했다.

좋은 일은 좋은 일을 부른다. 교장 선생님과 진로 선생님이 의논하여 학생 시가 있는 마을 거리를 기획했다. 학교가 있는 우성면 주민센터에서 유구천 옆에 자리를 마련해주었다. 언 땅을 파고 시화를 세우는 동안 한 편 한 편 다시 읽어보았다. 시를 낭독하던 아이들의 음성이 들리는 것 같았다.

초겨울 해는 금방 떨어져 일을 마치고나니 반달이 떴다. 서늘한 밤공기가 기분 좋았다. 올해는 좋은 일이 참 많았다. 낭독을 만나 목소리가 세상의 귀한 뜻을 담아내는 그릇이 될 수 있다는 것을 배웠고, 교사의 세계가 확장될 때 학생들은 더욱 다양한 꽃을 피울 수 있다는 것도 알았다.

출판사의 정성이 강원도에 사는 송정희 성우의 마음에 닿았고, 아이들에게 소중한 것을 나눠주고 싶은 그의 마음이 내가 일하는 학교에 와서 닿았다. 송정희 성우는 여러 번 먼 걸음을 마다하지 않았다. 낭독을 가르쳐주러, 무대에 오르는 아이들이 보고 싶어서, 그러다 벗이 되어 그냥 놀러 오기도 했다. 우리 아이들에게 시와 낭독이 그런 인연이었으면 좋겠다. 마음을 어루만져주고, 응원하고, 아이들에게 있는 가장 귀한 것을 끌어내주었으면 좋겠다.

사춘기 가족 | 오미경 글 | 조승연 그림 |
한겨레아이들

엄마 목소리는 너무도 당당했다. 울면서 미안하다고 용서를 빌어도 마음이 풀릴까 말까인데.

"내가 잘 있나 궁금하긴 해? 엄만 엄마 자격도……."

"전화기 좀 다오."

엄마한테 퍼붓고 싶은 말이 홍수처럼 넘치는데, 할머니가 내 손에서 전화기를 채 갔다. 나는 수화기에 귀를 바짝 댔다.

"어머니! 죄송해요. 어머니! 제가 어머니 좋아하는 거 아시죠? 어머니가 좋아하는 노래 한 곡 불러 드릴게요."

정말 기가 막혔다. 집을 나가 며칠씩 연락도 없다가 대뜸 전화해서는 노래를 부르겠다고? '세상에 이런 일이!'에 나올 만한 일이다.

"참을 수가 없도록~ 이 가슴이 아파도~ 여자이기 때문에 말

한마디 못하고~.”

　수화기 너머로 엄마의 노랫소리가 들렸다. 할머니가 좋아하는 ‘여자의 일생’이라는 노래다. 나는 철이라곤 눈곱만큼도 없는 엄마한테 한바탕 퍼부어 주고 싶었다. 할머니가 내 대신 호통을 쳐 주겠지, 하고 기다리고 있는데 어이없게도 할머니 입에서 노래가 흘러나왔다.

　“헤아릴 수 없는 설움 혼자 지닌 채 고달픈 인생길을 허덕이면서~.”

　할머니가 뒷소절을 부르는 동안 엄마는 잠잠했다. 그러더니 엄마도 할머니와 같이 노래를 부르기 시작했다.

　“아아~ 참아야 한다기에 눈물로 보냅니다. 여자의 일생~ 끅끅…….”

　갑자기 수화기에서 이상한 소리가 들렸다.

　“우냐?”

　“어머니…….”

　“니 맘 다 안다. 그 맘을 내가 모르믄 누가 알겄냐?”

　할머니 눈에도 눈물이 맺혔다.

아이들과 낭독하기 좋은 책

난 참 잘했다

최은숙 엮음 | 작은숲

전교생 100명이 채 안 되는 시골 중학교의 학생들과 교사들이 1년간 시를 배우고 시를 썼다. 아이들은 시가 적힌 공책을 늘 들고 다녔다. 교무실에서, 교실에서, 복도에서, 학교 뒤뜰에서 이들을 웃게 하고 울게 한 시들을 묶었다.

가슴 뛰는 회사

존 에이브램스 글 | 황근하 옮김 | 샨티

월요일에 출근하고 싶은 회사, 오너가 될 만한 사람을 뽑는 회사, 누구나 살고 싶은 서민주택을 지으며 지역의 미래에 대해 지역 사람들과 함께 그림을 그리는 건축회사가 실제로 있다면? 이 책은 미국 매사추세츠주의 작은 섬 마서즈 비니어드에 있는 성공한 건축회사 사우스 마운틴 이야기이다.

꽃집

정상명 글·그림 | 이루

상을 받은 새와 돌이 있다. 지렁이, 논두렁, 자전거도 받았다. '풀꽃세상'이라는 이름의 환경단체가 해마다 수여하는 '풀꽃상'. 화재로 딸을 잃은 한 어머니가 천 송이의 풀꽃 草英이라는 뜻을 지닌 딸의 이름으로 환경단체를 만들었다. 더는 만날 수 없는 딸과 함께 사는 유일한 길인 듯, 자연에 대한 존경심을 회복하는 일에 몰두한다.

너에게 낭독,

나에게 낭독

구
혜
진

너에게 낭독,

나에게 낭독

목소리로 건네는 다정한 위로

　　　　　어느 날, 우연히 참여하게 된 그림책 연수에서 강사님이 책 한 권을 펼쳤다. 그리고 잠시 우리를 바라보더니 조용히 낭독하기 시작했다. 《너는 특별하단다》맥스 루케이도 글, 세르지오 마르티네즈 그림, 아기장수의 날개 옮김라는 책이었다.

너는 단지 너라는 이유만으로 특별하단다. 남들이 어떻게 생각하느냐가 아니라, 내가 어떻게 생각하느냐가 중요하단다. 난 네가 아주 특별하다고 생각해.

너는 단지 너라는 이유만으로 특별하단다.

천천히, 낱말 하나하나를 건네듯 이어지는 목소리. 문장은 더는 활자 위에 머물러 있지 않았다. 살아 움직이듯 내 귓가에 다가와 조용히 마음을 두드렸다. '나는 나 그 자체로 소중하다.' 지금까지 수없이 들어왔던 말인지도 모른다. 책에서나 강의에서, 어쩌면 누군가 위로하는 말에서. 하지만 그날따라 이상하게도 그 문장이 낯설 만큼 깊이 스며들었다. 아무것도 증명하지 않아도, 잘해내지 않아도, 그저 '나'라는 이유만으로 충분하다는 말이 마음속에 오래 머물렀다. 마치 오래된 문장을 처음 만난 것처럼.

연수가 끝난 뒤에도 그때 낭독 장면이 자꾸 떠올랐다. 같은 문장인데도 내가 눈으로 읽을 때와 누군가의 목소리로 천천히 들었을 때의 울림이 달랐다. 문장과 문장 사이 잠깐의 멈춤. 그 짧은 여백이 의미를 더 또렷하게 만들었다. 그 여백 덕분에 문장을 더 오래 붙잡고 있었다. 그때 처음으로 알게 된 것 같다. 낭독은 책을 소리 내어 읽는 일만은 아니라는 것을. 듣는 사람의 마음에 조심스럽게 말을 건네는 일이라는 것을.

그날 이후, 나도 아이들에게 책을 낭독해주고 싶어졌다. 어떤 책의 어떤 문장이 어떤 아이의 마음에 닿을지는 알 수 없지만, 내가 경험했던 낭독의 잔잔한 울림이 아이들의 마음 어딘가에도 가만히 내려앉기를 바라는 마음이었다. 그래서 지금도 책을 펼칠 때면 잠시 숨을 고른다. 오늘의 한 문장이 누군가의 마음에 오래 머물기를 바라면서.

책 소리 피어나는 도서관

"오늘은 어떤 책 읽어주실 거예요?"

"비밀이야."

"제목만이라도 알려주세요."

"미리 알면 재미없지. 이따가 알려줄게."

나의 학교 도서관 수업은 늘 책 한 권으로 문을 연다. 아이들의 시선은 자연스레 내 손에 들린 책으로 모인다. 오늘은 어떤 이야기일까? 새로운 책을 만날 생각에 아이들의 눈빛이 반짝거린다. 그 두근거림이 고스란히 전해져, 책을 들고 있는 나조차 잠깐 숨을 고른다.

"자, 오늘은 이 책 속으로 함께 여행을 떠나볼 거야. 이 책의 제목은 뭘까?"

종이로 미리 제목을 가려둔 책 표지를 아이들 쪽으로 살짝 내민다.

"유리구슬 같아요!"

"투명한 사탕 같은데요!"

아이들의 상상이 빗방울처럼 톡톡 튀어 오른다. 나는 살며시 종이를 떼어낸다.

"짜잔! 오늘 우리가 만날 책은 《알사탕》백희나 글·그림이야!"

제목을 알려주자, 아이들의 몸이 앞으로 기운다.

"아, 알사탕이구나!"

"왜 사탕을 보고만 있어요?"

"얼른 읽어주세요."

표지를 넘기고 면지를 지나, 우리는 이야기 속으로 들어간다. 낭독을 마친 후, 나는 책을 덮는다. 그리고 잠시 아무 말도 하지 않는다. 이 고요한 여백이 참 소중하다.

"만약 이런 알사탕이 있다면 누구 마음을 듣고 싶어?"

"저는요, 학교에서도 엄마 생각을 하는데요, 엄마도 회사에서 제 생각을 하는지 궁금해요."

"우리 집 강아지가 얼마 전에 별나라로 떠났어요. 거기서 잘 지내고 있는지 물어보고 싶어요."

누군가의 이야기가 다른 누군가의 이야기를 자연스레 불러온다. 낭독과 아이들의 목소리가 우리가 있는 공간을 천천히 따스하게 감싸주는 것 같다.

낭독이 끝나고 쉬는 시간이 되면, 아이들은 약속이나 한 듯 도서관으로 달려온다.

"선생님, 조금 전에 읽어주신 그 책 주세요!"

"제가 먼저 볼래요! 수업 시간에 제가 먼저 찜했잖아요!"

"아니야, 내가 먼저 말했어! 선생님, 저 먼저 빌려주세요!"

이미 다 아는 이야기인데도, 다시 읽고 싶어 한다. 어제까지만 해도 가만히 서가에 있던 꽂혀 있던 책이, 낭독을 만나 아이들 마음속에서 둥실 날아오른다.

그때 한 아이가 조용히 다가와 조그맣게 접은 쪽지를 내 손에 쥐여주었다.

"선생님, 이따가 아무도 없을 때 읽어보세요."

아이들이 모두 돌아간 후 조심스레 쪽지를 펼쳐보았다.

"오늘 읽어주신 책 너무 재미있었어요. 다음에도 또 읽어주세요. '꼭'이에요."

짧은 문장이지만 마음을 몽글몽글 부풀게 하는 말이다. 그래서 나는 오늘도 낭독으로 책을 전한다. 목소리로 전하는 책 이야기가 누군가의 마음에 생기를 불어넣을 수 있다는 걸 믿기 때문이다.

가족과 함께하는 독서캠프

"저요!", "저요!"

아이들의 손이 동시에 번쩍 올라갔다. 1박 2일 동안 가족과 함께하는 독서캠프를 열겠다고 하자 분위기가 순식간에 달아올랐다. 누가 먼저랄 것도 없이 여기저기서 손을 들었다. 아이들의 목소리에는 망설임이 없었다. 함께 책을 읽고 이야기를 나누며 밤을 보내는 시간, 아이들은 벌써 그 장면을 상상하고 있는 듯했다.

하지만 부모님들의 마음은 조금 달랐을지도 모른다. 다른 가족들과 함께 책을 읽고, 낯선 사람들과 여러 활동을 해야 한다는 것이 부담스럽게 느껴졌을 수도 있다. 아이들의 기대와 달리 부모님들은 고민했을지도 모른다.

그럼에도 아이들의 간절한 마음 덕분이었을까. 무려 열다섯 가족이 참가를 신청했다. 여름의 끝자락, 학교 근처 청소년수련관에서 가족 독서캠프가 시작되었다. 처음 만난 가족들은 서로 인사를 나누며 조심스레 자리를 잡았다. 낯선 공간, 낯선 얼굴들이다. 하지만 곧 아이들의 웃음소리가 그 어색한 공기를 조금씩 녹이기 시작했다.

첫 프로그램은 서로의 어색함을 풀기 위한 책놀이었다. 말 대신 몸짓으로 장면을 표현하고, 그 모습을 보고 책 제목을 맞히는 활동이었다. 아이들은 온몸을 써서 이야기를 흉내 냈고, 어른들은 그 모습을 보며 웃음을 터뜨렸다. 여기저기서 웃음이 번졌다. 놀이가 이어질수록 아이들과 어른들의 웃음소리는 점점 커졌고, 시작할 때의 서먹함은 어느새 사라졌다. 책이 사람 사이의 거리를 조금씩 좁혀주고 있었다.

캠프의 마지막은 조금 특별한 활동으로 마련했다. 가족을 주제로 한 그림책을 함께 읽고, 서로에게 편지를 써서 소리 내어 읽는 시간이었다.

이날의 낭독 책으로 고른 작품은 《언제까지나 너를 사랑해》 로버트 먼치 글, 안토니 루이스 그림, 김숙 옮김. 한 아이가 태어나 자라서 어른이 되는 과정을 가만히 따라가는 이야기이다. 부모와 아이 사이를 잇는 사랑의 결이 이번 캠프와 잘 어울리는 책이었다.

너를 사랑해. 언제까지나.
너를 사랑해. 어떤 일이 닥쳐도.

책을 덮자, 말로 다 설명할 수 없는 온기가 우리를 감싸주었다. 부모는 아이에게, 아이는 부모에게 각자의 편지를 쓰기 시작했다. 처음에는 "뭐라고 써야 할지 모르겠어요." 하며 머뭇거리던 손이, 이내 한 줄 또 한 줄 정성스럽게 움직였다. 조용한 공간에 펜이 종이를 스치는 소리만 잔잔히 흐르고 있었다.

그리고 한 사람씩 돌아가며 자신의 편지를 소리 내어 읽었다. 종이 위에 가만히 머물러 있던 글자들이 목소리를 만나 살아 움직이기 시작했다. 조심스럽게 떨리는 목소리로 들려준 편지 낭독은 진심이 담겨 있기에 듣는 이의 마음을 더욱 뭉클하게 했다. 어떤 부모는 잠시 낭독을 멈추기도 했고, 어떤 아이는 부끄러운 듯 웃으며 낭독을 이어갔다. 그렇게 서로의 마음이 천천히 오가는 동안, 우리가 함께한 공간은 더욱 따뜻해지고 있었다. 그렇게 특별한 1박 2일이 지나갔다.

캠프가 끝난 뒤, 아이와 부모는 '함께 읽는다는 것'을 이전과는 조금 다른 마음으로 떠올리게 되지 않았을까. 낭독은 사람과 사람 사이에 따뜻한 길 하나 내는 일이니까.

책 읽어주는 선배

푸릇푸릇 새싹이 돋아나던 3월 어느 날이었다. 창문 틈으로 스며든 봄 내음과 함께 학교 도서관 문이 빼꼼히 열리며 조심스러운 목소리가 들려왔다.

"사서 선생님, 독서동아리 언제 모집해요? 이제 저도 동아리에 들어갈 수 있죠? 저 꼭, 꼭, 꼭 하고 싶어요!"

문 앞에 서 있던 아이는 민서였다. 독서동아리는 4학년부터 참여할 수 있기에, 민서는 3학년 때부터 기다려왔다. 특별한 혜택이 있어서도 아니다. 그저 책이 좋고, 도서관에서 이루어지는 이런저런 활동에 함께하고 싶다고 했다.

"반가워, 민서야! 동아리 모집은 다음 주부터야. 우리, 재미있게 해보자!"

그렇게 새 학기의 문턱에서 민서를 포함한 열 명의 아이가 독서동아리 회원이 되었다.

올해 동아리 활동의 큰 줄기를 무엇으로 할지 고민하다가 오래도록 마음속에 품어두었던 활동이 떠올랐다. 바로 낭독 독서다. 동아리 아이들과 함께라면 해볼 수 있겠다는 생각이 들었다. 낭독에 관한 이야기를 나누던 순간, 민서의 눈이 유난히 반짝였다.

"1학년이나 2학년 중에는 아직 혼자 책을 읽기 어려운 아이들도 있잖아요. 우리가 동생들에게 그림책을 읽어주면 좋겠어요."

"저학년뿐 아니라 고학년한테도 책 읽어주는 시간이 있으면 좋겠어요. 고학년은 책을 다 읽고 나서 퀴즈를 내도 재미있을 것 같아요."

책 한 권이 선배와 후배의 마음을 잇고, 낭독 후에 도란도란 이야기가 흐르는 시간을 상상해본다. 아이들은 아직 오지 않은 그 장면을 떠올리며 설렘 가득한 동아리 활동을 시작했다.

동아리 회원들이 동생들에게 읽어주려고 고른 그림책은《틀려도 괜찮아》마키타 신지 글, 하세가와 토모코 그림, 유문조 옮김였다. 동아리 아이들과 함께 낭독 연습을 시작했다.

"너희도 발표할 때 틀릴까 봐 걱정했던 적이 있지? 그러니까 '틀려도 괜찮아, 교실에선.' 이 문장은 이렇게 읽어보면 어떨까? 누구나 틀릴 수 있어. 그럴 수 있지. 괜찮아. 이렇게 다정한 마음을 살짝 얹어서."

처음엔 또박또박 잘 읽다가도, 어느새 속도가 조금씩 빨라지기도 했다.

"지금도 충분히 잘하고 있어. 그런데 듣는 사람에게 문장이 잘 전달되도록 쉼표를 만들어주면서 읽어보자. 틀려도 괜찮아, 쉼표, 교실에선, 쉼표."

한 번, 또 한 번. 연습이 거듭될수록 아이들 표정에는 조금씩 자신감이 스며들었다.

그리고 마침내 저학년 동생들에게 그림책을 읽어주는 날. 중간놀이 시간이 되자 아이들이 하나둘 도서관으로 모였다. 민서는 두 손으로 책을 꼭 쥐고 조심스레 첫 페이지를 펼쳤다. 페이지가 한 장씩 넘어갈 때마다 아이들은 이야기 속으로 한 걸음씩 들어왔다. 낭독이 끝나자 도서관은 《틀려도 괜찮아》 이야기로 가득 찼다. 동아리 아이들이 기획부터 연습, 그리고 낭독까지 함께한 '선배가 읽어주는 그림책' 첫 시간이 그렇게 마무리되었다.

하지만 아이들의 마음속에서는 다음 이야기가 이어지고 있었다. 그림책 한 권을 함께 읽었을 뿐이지만, '책은 혼자서만 읽는 게 아니구나'라는 것을 느끼기 시작했을 것이다. 이 시간은 그렇게, 앞으로의 이야기를 향해 열려 있었다.

서로서로 낭독

"사서 선생님, 저기 저 아이들이 도서관에서 이야기해요."

한 아이가 내 소매를 살며시 잡아당겼다. 윤지였다.

"윤지야, 누가 떠들고 있어? 책 읽는 데 방해가 됐니?"

"아니요. 방해되지는 않아요. 그런데 도서관에서는 조용히 해야 하잖아요. 저 애들이 책을 소리 내서 읽고 있어요."

윤지의 시선을 따라 걸음을 옮겼더니 그 끝에 봄이와 수진이가 나란히 앉아 있었다.

"봄이야, 수진아, 너희 소리 내서 책 읽고 있었니?"

순간 아이들 얼굴에 걱정이 묻어났다. 봄이가 조심스레 대답했다.

"지난번에 언니들이 책 읽어줬잖아요. 그 책이 재미있어서 수진이한테도 읽어주고 싶었어요."

책 이야기를 친구에게도 들려주고 싶었다는 말. 이름처럼 따스한 봄이의 마음이 고스란히 전해졌다. 그리고 자연스레 독서 동아리 아이들이 운영했던 '책 읽어주는 선배' 프로그램이 떠올랐다.

"선생님, 수진이한테 책 읽어줘도 돼요? 조용히 읽을게요."

봄이의 간절한 눈빛에 고개를 저을 수 없었다.

"그래. 목소리만 너무 크지 않으면 괜찮아. 지금은 도서관에 우리뿐이니까. 윤지야, 네 생각은 어때?"

"네. 큰 소리만 아니면 괜찮을 것 같아요. 그리고⋯."

윤지는 잠시 말을 멈추더니, 망설임 끝에 조심스레 덧붙였다.

"저도⋯. 저 친구가 읽어주는 그림책 같이 들어도 돼요?"

생각지 못한 윤지의 말에 놀랐다.

"좋아. 우리 같이 책 읽자!" 봄이와 수진이가 동시에 답했다.

"그럼, 선생님도 같이 들어도 될까? 너희가 읽어주는 이야기, 나도 듣고 싶어⋯."

우리는 자연스레 동그랗게 둘러앉았다. 봄이가 책장을 펼치고, 《돼지책》앤서니 브라운 글·그림, 허은미 옮김을 읽어주었다.

"봄이야, 책 읽어줘서 고마워. 정말 잘 읽는구나!"

내 말에 봄이의 얼굴이 환해졌다.

"우리, 이번에는 각자 읽어주고 싶은 책을 골라서 돌아가며 읽어볼까?"

서로 먼저 읽어주겠다며 나서는 바람에, 결국 가위바위보로 순서를 정했다. 윤지가 이겨서 가장 먼저 책을 들고 왔다. 윤지의 낭독이 시작되자, 우리는 또 다른 이야기 속으로 빠져들었다. 다음으로 수진이가 배턴을 이어받았다. 우리 앞에 조그만 낭독 무대가 펼쳐진 것만 같았다.

"오늘 정말 즐거웠어! 너희 책 읽는 모습, 정말 멋졌어!"

"언니들이 책 읽어준 것도 좋았지만, 우리끼리 서로 읽어주는 것도 재미있었어요."

"다음에 또 이렇게 서로서로 책 읽어주면 좋겠어요."

선배들이 들려준 책 이야기가 전해지고, 또 다른 친구에게 나누어지는 과정은 하나의 선율처럼 이어졌다. 이 작은 낭독의 순간이 아이들에게 따스한 추억으로 남기를. 함께 만들어 낸 조그만 낭독 무대가 아이들의 인생에 빛나는 프롤로그가 되기를.

우리의 첫 그림자 낭독극

"우리 도서관 수업 마지막 시간에는 그림자 낭독극을 해볼 거야!"

내 말에, 아이들 얼굴이 한꺼번에 나를 향했다. 곧이어 질문이 쏟아졌다.

"그림자 낭독극이 뭐예요?"

"어떻게 하는 거예요? 재미있어요?"

"응. 재미있을 거야. 아마도 너희 마음에 쏙 들 걸!"

나는 아이들을 바라보며 웃었다.

도서관 수업에 '낭독'을 들여오고 싶다는 생각은 낭독을 배우고 알아갈수록 점점 또렷해졌다. 교사가 책을 읽어주는 데서 그치지 않고, 아이들 스스로 자기 목소리를 꺼내보는 시간과 경험을 아이들과 함께 나누고 싶었다.

2학년 도서관 수업에서 《친구의 전설》이지은 글·그림을 함께 읽으며 낭독을 한 스푼 더해보기로 했다. 첫 시간에는 한 문장씩 돌아가며 소리 내어 읽었다. 이야기에 푹 빠진 듯 실감 나게 읽는 아이도 있었고, 어떤 아이는 조심스레 목소리를 낮춰 읽기도 했다. 읽는 속도도, 목소리의 크기도, 표현하는 방식도 모두 달랐다. 하지만 그 다름마저도 이야기의 일부처럼 느껴졌다.

수업이 이어질수록 아이들은 조금씩 자기 목소리에 익숙해졌다. 매시간, 짧게라도 소리 내어 읽는 시간을 가졌다. 그리고 우리는 자그마한 그림자극 무대를 만들었다. 호랑이와 꼬리

꽃, 여러 동물 친구를 그리고 오린 후 나무막대에 붙였다. 이야기 속 주인공들도 하나둘, 무대에 오를 준비를 마쳤다.

그리고 《친구의 전설》 수업의 마지막 시간! 모두가 무대에 오르는 경험을 할 수 있도록 스물네 명의 아이들을 여섯 명씩 네 모둠으로, 이야기도 네 장면으로 나누었다. 아이들은 각자 맡고 싶은 역할을 고르며 자유롭게 의견을 주고받았다.

무대에 오르기 전, 모둠별 연습 시간이 이어졌다. 아이들은 "제대로 해보자"며, 생각보다 훨씬 진지한 표정들이었다.

"애들아, 이 부분은 호랑이랑 꼬리꽃이 처음 만나는 장면이야. 자고 일어났더니 꼬리에 꽃이 붙어 있어. 그때 호랑이는 어떤 마음이었을까?"

"엄청나게 놀랐을 것 같아요."

"어떻게 해야 할지 몰라서 당황했을 것 같아요."

"그럼 그 놀라고 당황한 마음이 느껴지게 낭독해볼까?"

마지막 장면을 맡은 모둠에게도 질문을 건넸다.

"여기는 호랑이랑 꼬리꽃이 헤어지는 장면이지? 친한 친구가 멀리 떠나게 된다면 어떤 기분일까?"

"슬플 것 같아요."

"눈물 날 것 같아요."

"그래. 그 마음을 담아보자. 호랑이의 마음이 전해지도록."

드디어 모둠별로 무대 앞에 섰다. 아이들은 그림자 인형을 손에 들고 천천히 낭독을 시작했다. 목소리는 이야기가 되어 무대 위에 펼쳐졌고, 아이들은 한 명 한 명 책 속 주인공이 되었다.

공연이 끝난 뒤, 아이들이 말했다.

"그림자 낭독극을 한 번밖에 못 해서 아쉬워요."

"혼자 읽는 것보다 같이 하니까 더 재미있었어요."

그 말을 들으며 나 역시 다시 느꼈다. 자기 목소리로 표현해 볼 수 있는 시간이 얼마나 소중한지. 그래, 다음에도 우리만의 작은 그림자 낭독극을 만들어보자.

소리 내어 읽는 기쁨

"지금부터 낭독을 시작하겠습니다."

이 말을 꺼내는 순간, 마음속에서 작은 설렘이 일어난다. 나는 책장을 조심스레 넘긴다. 그리고 첫 문장을 읽기 전, 아주 짧게 숨을 고른다. 그 짧은 순간이 나는 참 좋다. 이야기가 막 시작되기 직전의 고요한 떨림 같은 순간이다.

낭독은 어느새 내 일상이 되었다. 어느 날은 조금 일찍 눈이 떠진 아침에, 어떤 날은 하루를 마무리하는 저녁에 나만의 '낭독 시간'을 갖는다. 한 문장만 읽는 날도 있고, 한 페이지를 읽는 날도 있다. 여유가 있는 날에는 한 챕터를 천천히 넘긴다. 짧은 문장이든 긴 글이든 중요하지 않다. 소리 내어 읽는 그 순간, 내 안에 따사로운 온기가 번진다. 입안에서, 그리고 가슴 깊은 곳에서 작은 행복이 몽글몽글 피어오른다. 문장이 목소리를 타고 흘러갈 때마다 마음도 조금씩 부드러워지는 것 같다.

가끔은 구겨진 종이처럼 마음이 꼬깃꼬깃한 날이 있다. 마음 한쪽이 쉽게 펴지지 않는 날도 있다. 그런 날엔 좋아하는 책의 한 페이지를 펼쳐 찬찬히 소리를 얹어본다. 천천히 한 문장을 읽고, 잠시 멈춘다. 그리고 다시 한 문장을 읽는다. 그러면 신기하게도 구겨졌던 마음이 조금씩 펴지는 것 같다. 문장이 마음을 다독여주는 순간이다.

요즘 가족과 친구, 그리고 가까운 이들에게 낭독을 권하는 '낭독 전파자'가 되고 있다. 낭독이 단순히 소리 내어 읽는 일이 아니라는 걸 이제는 조금 알 것 같기 때문이다. 낭독은 종이에 놓인 글자에 숨결을 불어넣는 일이고, 읽는 이와 듣는 이의 마음을 살며시 이어주는 일이다. 목소리를 따라 건너온 문장이 누군가의 하루에 가만히 머물기도 한다. 낭독은 그렇게 사람의 마음 가까이에 다정히 내려앉는다.

소리 내어 읽는 기쁨을 학교에서 만나는 아이들과 계속 나누고 싶다. 낭독이 시작되면 이야기의 정원이 열린다. 글자와 소리가 만나 이야기가 되고, 아이들은 그 안을 천천히 거닌다. 책 속 주인공의 마음에 머물러보기도 하고, 타인의 마음을 가만히 들여다보기도 한다. 어떤 아이는 조용히 미소를 짓고, 어떤 아이는 문장 하나를 붙잡고 생각에 잠기기도 한다.

낭독은 아이들의 상상력을 깨우고, 감성을 흔들며, 자신을 조금 더 단단하게 만든다. 그 힘은 어른인 나에게도 마찬가지이다. 늘 부족한 점만 바라보며 스스로 다그치던 나에게 낭독은 이렇게 속삭인다. "괜찮아. 지금 이대로도 충분해." 그리고 그 말은 어느 날 문득 삶의 한 장면에서 나를 다시 일으켜세운다.

오늘도 아이들과 함께 낭독한다. 서로의 목소리로 전해지는 이야기를 듣고, 잠시 멈춰 생각하고, 각자의 속도로 꿈을 키운다. 한 권의 책, 한 번의 낭독이 내가 만나는 아이들, 그 누군가의 마음에 조용히 가닿기를 바란다.

푸른 사자 와니니 | 이현 글 | 오윤화 그림 | 창비

"거봐라, 혼자 위험한 곳으로 보낼 순 없어. 그럴 거면 우리가 뭣 때문에 무리 지어 다닌단 말이냐? 나도 마디바가 무섭다. 하지만 말이다. 나한테 진짜 무서운 건 따로 있어. 우리가 뿔뿔이 흩어지는 거야. 더 이상 친구를 믿을 수 없게 되는 거야. 와니니야, 난 정말이지 와니니 무리를 잃고 싶지 않단다."

와니니 무리!

와니니는 그 말에 가슴이 쿵 내려앉았다. 그런 말은 처음이었다. 그런데도 그 말이 낯설게 느껴지지 않았다. 잠보도 말라이카도 당연한 말을 들은 듯 묵묵히 고개를 끄덕였다.

와니니와 친구들은 이미 한 무리였다. 힘들고 지칠 때 서로 돕는 친구들이었다.

와니니 무리는 그리 용맹하지 않지만, 늘 함께해 왔다. 강

해서 함께하는 게 아니었다. 약하고 부족하니까 서로 도우며 함께하는 거였다. 그게 친구였다. 힘들고 지칠 때 서로 돌봐 주는 것. 와니니들은 그것이 무리 지어 사는 이유라고 믿고 있었다.

"와니니 무리! 이름부터 좋다!"

말라이카가 경쾌하게 꼬리를 흔들며 말했다. 잠보가 맞장 구쳤다.

"그러게. 초원의 끝까지 다녀왔으니 초원에서 가장 용감한 사자 무리지."

"암, 그렇고말고! 와니니야, 우리는 그때부터 널 우두머리 로 생각하고 있었어. 그렇지 않다면 들리지도 않는 누의 발 소리를 어떻게 믿었겠냐?"

와니니도 힘주어 고개를 끄덕였다.

초원의 끝에서 함께 돌아온 친구들이었다. 앞으로도 언제 까지나 함께할 친구들이었다. 그렇다면 와니니 무리라고 불 러도 좋을 것 같았다.

너는 특별하단다

맥스 루케이도 글 | 세르지오 마르티네즈 그림 |
아기장수의 날개 옮김 | 고슴도치

'넌 그냥 너라서 소중해'라고 다정히 속삭여주는 그림책.
잘해야 한다는 마음에 애쓰다 지친 아이, 다른 친구와 비
교하며 자신을 작게 느끼는 아이가 있다면 함께 낭독해보
면 좋겠다. 낭독의 순간마다, 따스한 위로와 잔잔한 울림
이 아이들 마음에 찬찬히 스며들 것이다.

모모

미하엘 엔데 글 | 시모나 체카렐리 그림 | 김영진 옮김 | 김영사

오랫동안 사랑받아온 고전 『모모』를 아름다운 그림책으
로 만날 수 있다. '시간은 곧 삶이고 삶은 우리 마음에 달
려 있어'라며, 삶의 가장 소중한 비밀을 조용히 들려준
다. 서로의 낭독에 귀 기울이며 들어주는 시간 속에서,
낭독이 곧 삶을 배우는 순간임을 느낄 수 있다.

나의 린드그렌 선생님

유은실 글 | 권사우 그림 | 창비

린드그렌의 책을 한 권씩 읽어가며, 단단한 마음 근육을
키워가는 비읍이의 이야기가 담겨 있다. 각 장마다 린드
그렌의 동화 제목이 붙어 있어, 자연스럽게 '이 책도 읽어
보고 싶어'라는 마음이 생긴다. 함께 낭독하며, 한 권의 책
이 한 아이를 어떻게 성장시키는지 느껴보길 권한다.

과학 중점고의

클래식 낭독 동아리

분투기

오
향
옥

과학 중점고의

클래식 낭독 동아리

차라리 이 깊은 바다를 몰랐더라면

목소리가 좋다는 말을 많이 듣는다. 그래서 '외모 부심'은 없지만, '목소리 부심'은 있는 편이다. 담당 교과목이 국어인지라 수업 중에 교과서를 소리 내어 읽을 때가 많다. 그러면 아이들의 반응이 나쁘지 않다. 인생은 알 수 없다지만, 교육이 아닌 방송으로 진로를 꿈꾸었다면 이금희 아나운서처럼 라디오 프로그램을 오랫동안 진행하는 사람이 되었을 수도 있지 않을까. 이렇게 망상 아닌 망상을 하는 것은 목소리에 대한 칭찬이나 피드백이 많기 때문이라고 해두자. 물론 목소리 칭찬을 들을 때면 쑥스럽다며 손사래를 치지만 말이다.

그런데 목이 자주 아팠다. 1년에 두세 번은 목이 아파 수업을 진행하기 어려울 정도다. 목을 제대로 사용할 줄 모른다는 생각에 제대로 쓰고 관리하는 법을 배워보고 싶었다. 아이들과 문학 단원을 공부할 때 좀 더 맛깔나게 읽어주고 싶은 갈증 아닌 갈증도 있었다. 목마른 사람이 우물을 판다고 했던가. 기회가 될 때마다 "낭독"이나 "성우" 같은 키워드로 검색을 하던 차에 내게 딱 맞는 낭독 강의를 찾았고, 그 강의를 1년간 듣게 되었다.

낭독 강의 첫날, 온라인 강의실은 마치 깊고 푸른 바다 같았다. 그곳은 저마다의 색깔을 뽐내며 문장 사이를 유영하는 멋진 생명체들로 가득했다. 나만 한없이 쪼그라들었다. 다들 바닷속을 자유롭게 헤엄치는 건강한 생명체들인데, 나만 홀로 뭍으로 끌려나와 볕에 말려진 '반건조 오징어'가 된 기분이었달까. 빳빳하게 굳어버린 내 목소리는 문장의 파도를 타지 못하고 뻣뻣하게 겉돌았다. 나는 '반건조 오징어'에서 계속 쪼그라들어 '마른오징어'가 되어버릴 것 같았다. 1년간 낭독 강의를 들었지만, 아무리 해도 나아지지 않는 내 서툰 흔적들을 먹물로 가리고 후딱 도망가고 싶은 마음뿐이었다. 나름 목소리에 자부심이 있었던 내게는 일생일대의 충격이었고, 차라리 이 깊은 바다를 몰랐더라면 나름 만족하며 살았을 텐데 하는 후회가 파도처럼 밀려왔다. 그렇게 나는 1년이라는 시간을 허우적거리며 지나왔다.

'허우적거림' 끝에 얻은 깨달음은 분명했다. 낭독은 단순한 기술이 아니라 '슬로 리딩'의 가장 정직한 형태라는 사실이다. 특히 내가 몸담은 과학 중점 고등학교에서 낭독은 더욱 절실했다. 효율성에 익숙한 우리 아이들에게 문장을 입안에서 천천히 굴리며 맛보는 '느린 호흡'은 비효율적이고 어색한 경험일 수 있다. 수학 문제의 정답을 찾듯 핵심만 빠르게 파악하려는 아이들에게 문해력은 늘 높은 벽처럼 느껴진다. 단어는 알지만 맥락은 놓치고, 정보는 찾지만 정서는 느끼지 못하는 아이들에게 필요한 건, 더 많은 문제 풀이가 아니라 한 문장에 온전히 머무는 경험이다. 소리 내어 읽으면 저절로 읽기의 속도가 늦춰지고, 그 느려진 호흡의 틈 사이로 비로소 글의 결이 천천히 스며든다. 어쩌면 낭독은 과학의 논리에 인문의 숨결을 불어넣는 작업이고, 그것이 바로 과학 중점 고등학교에 낭독 동아리가 필요한 이유일지도 모른다.

생각이 여기에 이르자 학교에 낭독 동아리를 만들고 싶어졌다. 과연 내가 아이들에게 낭독을 가르칠 수 있을지 망설여졌지만, 아이들의 목소리를 진심으로 경청할 마음과 귀는 충분히 열려 있다. 용기를 내어 '클래식 낭독 동아리'를 만들었다. 우리 아이들에게도 슬로 리딩의 참맛, 낭독의 매력을 알려주고 싶었다.

간장 공장 공장장으로 시작한 낭독

기다리고 기다리던 동아리 첫날! 과학 중점 고등학교이다보니 낭독이 좋아서 가입한 아이들은 진짜

단 한 명도 없었다. 대개는 수학, 과학 관련 동아리를 신청했다가 떨어졌거나 신청 기간을 놓쳐서 어쩔 수 없이 '클래식 낭독 동아리'로 떠밀려온 아이들이었다. 나의 설렘 지수와는 정반대 값을 지닌 아이들이 모여 있는 교실에 들어가니, 예상대로 아이들은 설렘 지수 1도 없이 스마트폰에만 얼굴을 박고 있었다.

아이들에게 희망 진로와 원래 들어가고 싶었던 동아리를 물어보았다. 한 명 한 명의 관심과 진로에 맞춰 우리 동아리에서 할 수 있는 활동을 이야기하면서, 낭독에 대한 거리감은 줄이고 호감도는 높이려 애썼다. 아이들도 나처럼 낭독을 좋아해 주기를 바라는 마음으로 각자의 관심사와 낭독이 만날 수 있는 지점을 찾아주었다.

학교 공부나 독서 같은 활동도 건강한 즐거움이 전제되어야 한다고 믿는다. 낭독도 예외일 수는 없다. 즐거운 낭독을 위해 놀이 요소를 결합한 다양한 활동을 고민하고, 또 고민했다. 낭독 실력은 몰라도 클래식 낭독 동아리 담당 교사로서의 정체성만큼은 분명하니까.

먼저 굳어 있는 입 근육을 풀기 위해 잰말놀이 보드게임인 '스위스 사는 스미스 씨'와 '토마토마토'를 꺼냈다. "간장 공장 공장장…" 같은 잰말을 외치다 혀가 꼬여 자폭하는 내 모습에

아이들의 스마트폰 방어막이 조금씩 무너지기 시작했다.《책
으로 즐거운 두근두근 책놀이》전국학교도서관 인천모임 온오프 책친
구2를 참고해 '낭독의 재발견', '행운의 이름', 'BTS Books Toward
Solutions' 같은 책놀이를 함께 하면서 책과 소리가 만드는 리듬
에 아이들을 초대할 수 있었다. 수학 공식과 과학 법칙만 외우
던 아이들의 입에서 감성의 낱말들이 문장이 되어 웃음과 함께
튀어나오기 시작했다.

한 달에 한 번, 동아리 활동 세 시간 중 처음 한 시간은 항상
즐거움 가득한 재미로 문을 열고, 나머지 두 시간은 낭독의 참
맛에 다가갈 수 있도록 활동을 구성했다. 자신이 좋아하는 노
래를 소개하는 글을 써서 라디오 DJ처럼 읽어주고 함께 노래
를 듣는 '온 에어On-Air 낭독'에서 아이들은 평소 무표정한 얼
굴 뒤에 숨겨둔 감성적인 목소리와 정서를 맘껏 발산했다. 주
인공 대신 로봇이 회사에 출근하면서 생기는 이야기를 다룬
김동식 작가의 SF 소설 〈나 대신 출근하는 공치열〉을 낭독극으
로 만드는 활동에서는 꼼꼼한 인물 분석과 의외의 연기력이
폭발하기도 했다. 도서관에서 자신의 관심 분야 책을 발췌해
낭독하는 '진로 독서 낭독회'에서는 평소와는 다른 진지한 모
습을 보여 사뭇 놀라기도 했다.

정교한 문장의 결을 읽어내는 힘

　　　　　재미와 깊이를 버무린 다양한 활동 덕분인지 아이들의 표정이 점점 밝아졌고, 사소한 부분도 코칭받은 대로 낭독하기 위해 연습하는 열의를 보였다. 물 들어올 때 노 젓는다고 했던가. 이렇게 재미를 느끼기 시작할 때 제대로 된 낭독을 맛보게 하면, 이 아이들도 낭독의 매력에 빠져들지 모른다는 생각이 들었다. 나의 낭독 멘토 송정희 성우님께 도움을 청했다. 성우님은 흔쾌히 인천에 있는 우리 학교까지 와주셨고 아이들과 '교과서 낭독'을 해보자고 제안하셨다.

　교과서는 제작 과정에 수많은 전문가의 노력과 정성이 들어가지만, 교육 현장에서는 오히려 홀대받고 있는 것이 현실이다. 게다가 어쩌면 아이들이 가장 부담스러워하고 싫어하는 텍스트일지도 모른다. 그럼에도 교과서에 실린 글만큼 검증된 텍스트도 드물 것이니 '교과서 낭독'은 도전해볼 만한 일이었다. 이번 기회에 교과서를 제대로 읽어보는 일은, 아이들한테도 국어교사인 나한테도 신선한 경험이 될 수 있으리라.

　성우님은 아이들과 교과서 첫 단원에 나오는 김찬호의 〈확신이 없어도 괜찮아〉라는 글을 읽으셨다. 평소 국어 수업 시간이었다면 아이들은 시험 문제에 나올 법한 주제나 글의 표현상 특징을 찾기 위해 연필부터 들었을 것이다. 하지만 성우님은 아이들의 호흡을 고르고, 자세부터 바로잡아주셨다.

확신이 없어도… 괜찮아.

한 아이가 조심스럽게 문장을 읽었다. 평소라면 1초 만에 훑고 지나갔을 그 짧은 문장이 낭독의 세계로 들어오자 전혀 다른 무게로 다가왔다. 성우님은 "괜찮아"라는 단어 뒤에 숨은 긴 여백을 느껴보라고 피드백하셨다. 시험 공부할 때는 다음 문장으로 넘어가기 바빠 무시했던 마침표 하나가, 낭독의 세계로 들어오자 아이들의 불안한 마음을 다독이는 쉼표가 되어주었다. 정답을 맞히기 위해 문장을 분석하던 아이들이, 처음으로 문장에 기대어 자신의 속내를 털어놓는 듯한 표정을 지었다. 정보를 '처리'하는 읽기가 아니라 의미를 '음미'하는 진짜 슬로 리딩의 장면이 펼쳐졌다.

"지금까지는 아무 생각 없이 그냥 읽었는데, 성우님과 함께 교과서 낭독을 하면서 글자 하나하나를 깊이 생각하며 소리 내어 읽는 방법을 알게 되었어요. 수업 시간에 읽을 때와는 달리 내용이 훨씬 깊이 다가왔습니다.”

“교과서 낭독을 하면서 주어, 목적어, 서술어를 중심으로 의미에 맞게 끊어 읽어야 한다는 것을 알게 되었고, 낭독할 때의 자세와 속도, 쉼도 중요하다는 것을 직접 체험하며 배울 수 있어서 좋았습니다.”

‘교과서 낭독 특강’ 이후 아이들이 쏟아낸 진심 어린 후기는 교과서 낭독이 단순한 발성 연습을 넘어, 텍스트와 깊이 교감하는 ‘밀도 높은 읽기’라는 걸 일깨워주었다. 송정희 성우님의 지도로 문장 사이의 쉼표를 찾아가는 아이들을 곁에서 지켜보며, 나 역시 한동안 잊고 지냈던 교과서의 가치를 새롭게 발견할 수 있었다. 그동안 시험 문제의 출처로만 박제되어 있던 교과서의 문장들이 아이들의 숨을 타고 살아 움직이는 것을 보며 문득 이런 생각이 들었다. ‘어쩌면 교과서를 지루하고 경직된 텍스트로 가두어두었던 사람은 아이들이 아니라, 그 문장들이 품은 생명력을 제대로 전하지 못한, 국어교사인 나였을지도 모른다’고.

특히 과학 중점 고등학교라는 우리 학교의 환경에서 낭독은 더욱 특별한 의미를 지닌다. 과학적이고 논리적인 사고만큼이나 정교한 문장의 결을 읽어내는 힘이야말로 우리 아이들에게 꼭 필요한 근육이기 때문이다. 미분과 적분의 빈틈없는 수식도 중요하지만, 마침표와 쉼표 사이에 숨은 문장의 숨결을 읽는 일은 더 귀하다. 그 숨결을 느낄 때 비로소 아이들은 자신을 둘러싼 세상을 더 다정하고 온전하게 바라보게 된다. 다양한 읽기 자료를 찾아 헤매느라 정작 가장 가까이에 있는 보물을 보지 못했지만, 이제는 교과서 낭독 수업을 어떻게 하면 더 재미있고 의미 있게 디자인할 수 있을지, '마른오징어 선생님'의 행복한 고민이 비로소 깊어지는 시간이었다.

클래식으로 낚시한 썰

1년이 정신없이 지나고, 어느덧 낭독 동아리 2년 차의 문이 열렸다. 그래도 1년 '짬'이 있으니, 올해는 마른오징어가 아니라 낭독의 바다에서 헤엄칠 준비를 마친 아기 오징어 정도는 되었겠지 하는 기대감도 생겼다. 1년 차와는 또 다른 설렘! 그 기대와 설렘이 더 커졌던 나름의 이유도 있었다. 동아리 신청 프로그램이 열리고 1초도 지나지 않아 신청한 열혈 희망자가 세 명이나 있었기 때문이다. 낭독 동아리의 명성이 어느새 이렇게 퍼진 것인가. 입가에 번지는 미소를 감출 수가 없었다.

아, 기다리고 기다리던 2년 차 클래식 낭독 동아리 첫날! 그
런데 웬걸, 내 기대는 오래가지 못했다. 1년 차에 했던 질문을
꺼내자마자 한 아이가 이렇게 물었다. "선생님, 클래식은 어떻
게 듣나요? 각자 헤드셋을 가져와서 들어야 하나요?" 그 말을
듣는 순간 베토벤의 '운명 교향곡' 첫 마디가 귓가에 울려퍼졌
다. 따다다단~! 어쩐지 헤드셋을 가지고 온 아이들이 많았던
이유가…, 설마? 아차 싶었다. 아이들은 '클래식'이라는 그럴
듯한 수식어만 보고, 이곳을 편히 음악을 듣는 '음악 감상 동
아리'쯤으로 오해하고 들어온 것이었다.

낭독의 'ㄴ'자조차 머릿속에 없었을 아이들 앞에서 나는 졸
지에 '낚시꾼'이 된 기분이었다. 수학이나 과학 관련 동아리는
대개 면접을 통해 미리 선발한다. 면접에서 떨어진 아이들은
지정한 날짜에 리로스쿨을 통해 선착순으로 다른 동아리를 신
청할 수 있다. 원하는 동아리에서 '낙방'한 아픔을 클래식 선
율로 달래며 꿀맛 같은 휴식을 꿈꿨을 아이들. 그런 아이들에
게 낭독은 보이지 않는 투명 글자였고, 오직 '클래식'만이 구원
의 빛이었으리라.

"얘들아, 미안하지만 여긴 클래식 '음악'이 아니라 클래식한

‘문장’을 내 목소리로 연주하는 낭독 동아리야.”

내 말이 떨어지기가 무섭게 아이들의 표정은 베토벤의 ‘운명 교향곡’ 첫 마디처럼 장엄하고도 어둡게 가라앉았다. “에이, 낚였다!”라는 탄식이 교실을 메웠고, 나는 섭섭한 마음을 추스르며 1년 전 그대로의 ‘마른오징어 선생님’으로 쪼그라들 수밖에 없었다.

악보 대신 책을 펼치게 하고, 선율 대신 서로의 수줍은 숨결을 들려주어야 하는 동아리. 타인의 연주를 감상하는 대신 자신의 목소리로 삶의 리듬을 찾아가는 과정이 생각보다 ‘힙’할 수 있다는 걸 설득해야 하는 시간.

2년 차의 시작 역시 만만치 않다. 올해도 이 아이들과 좌충우돌하며 먹물깨나 쏘게 생겼지만, 실망으로 가득했던 아이들의 눈빛이 문장의 맛에 감동하는 눈빛으로 바뀔 그날을 꿈꿔본다. 그리고 결심했다. 3년 차에는 이런 비극(?)을 다시 겪지 않기 위해, 진짜 낭독의 세계로 제대로 안내할 ‘초대장’을 지금부터 미리 공들여 써놔야겠다고!

세 개의 심장을 가진 '낭독 오징어'를 찾습니다!

안녕! 난 낭독 앞에서 한없이 마음이 쪼그라드는 '마른오징어 쌤'이야. 클래식 음악 감상반인 줄 알고 들어왔다가 당황했던 너희 선배들도, 결국엔 자기 목소리의 매력에 푹 빠지게 된 그 비밀이 궁금하지 않니? 사실, 오징어는 심장을 세 개나 가진 뜨거운 열정의 낭독 천재였대!

쌤이 알려주는 비밀, '낭독의 오징어적 모먼트'

• **심장이 세 개? 몰입도 300% (#트리플_하트)**

오징어는 심장이 세 개래. 저자의 마음, 내 목소리의 온도, 그리고 옆 친구의 숨소리까지! 세 개의 심장을 다 써서 한 문장에 깊게 몰입해보는 거야. (이게 바로 찐−문해력의 시작)

• **뼈 때리는 팩트? 우린 뼈가 없어 (#유연함_갑)**

수학 문제 풀 때처럼 뇌를 풀가동할 필요가 없어. 오징어처럼 뼈 다 빼고, 문장 사이를 말랑말랑하게 유영하는 거야. 빡빡한 고딩 라이프에서 유일하게 '흐물거려도 괜찮은' 시간이지.

- **내 색깔대로 변신 (#바다의_카멜레온)**

주변 환경에 맞춰 몸 색깔을 바꾸는 오징어처럼! 글 분위기에 따라 목소리 톤을 필터 입히듯 바꿔보는 거야. 낭독은 내 목소리로 찍어 '귀로 듣는 브이로그' 같은 거거든.

- **먹물 한 사발? 아니, 잉크 발사 (#아날로그_감성)**

먹물은 아주 오래전부터 글을 쓰는 잉크로 쓰였어. 네 안에 쌓인 답답한 생각과 진심을 목소리라는 '잉크'에 담아 세상을 향해 멋지게 쏘아 올려보지 않을래?

이런 친구, 여기 여기 붙어라!

글자를 읽어도 마음엔 안 남는 친구 (#안구_드리프트_중)

바쁘다 바빠! 책 한 권 끝내기 힘든 친구 (#쇼츠에_절여진_집중력)

내 목소리의 온도가 궁금한 친구 (#내_목소리_실물_영접)

음악 감상 대신 '내 목소리'라는 악기를 연주해보고 싶은 친구 (#고품격_문장_합주)

클래식 낭독 동아리에서 하는 일!

우리는 여기서 성우처럼 완벽하게 읽는 법을 배우지 않아.

대신 오징어처럼 유연하게 '문장에 머무는 법'을 배울 거야.

진짜 문해력은 명확한 분석이 아니라, 문장에 머무는 다정한 시간

에서 시작되거든.

멋진 목소리가 아니어도 괜찮아.

용기를 낸다면, 너도 세 개의 심장을 가진 낭독 오징어가 될 수 있어!

지금이 바로 세 개의 심장을 풀가동할 시간이야!

누군가의 마음 | 김민령 글 | 창비

"그냥, 강메리를 보면 어떻게든 학교를 계속 다녀야겠다는
생각이 들어."

나는 운동화 뒤축으로 바닥을 툭툭 치며 말했다.

"왜?"

"글쎄, 왜일까?"

"거봐. 좋아하는 거야."

영표는 그렇게 말하더니 립밤을 꺼내 입술에 쓱쓱 발랐다.

메리가 언제부터 편의점 야간 알바를 하고 있는지는 모르
겠다. 학교에서 메리는 늘 다른 세상에 가 있는 것처럼 보였
지만 편의점의 환한 불빛 아래 파란 조끼를 입고 있는 메리
는 나와 같은 세상에 존재하는 사람 같았다. 하지만 나는 교
실에 앉아 꿈을 꾸고 있는 듯한 메리가 더 보기 좋았다. 그럴

때 메리에게는 자기만의 특별한 우주가 있는 것 같았으니까.

메리가 사는 우주에 한 번 들어가 볼 수 있다면. 다 그렇고 그런 슬픈 이야기다. 나는 가끔 배달 일이 끝나고 자정이 넘은 시간에 메리를 보러 가지만 그 뒤로는 한 번도 편의점에 들어간 적이 없었다. 흥성거리던 번화가의 소음이 차츰 잦아들고, 여기저기서 차르륵차르륵 셔터 내리는 소리가 들리는 동안 어두운 계단에 가만히 앉아 있기만 했다.

"야, 고재영. 그런데 쟤는 왜 그랬을까?"

"뭘?"

"남자애들한테 돌아가면서 고백한 거."

나는 편의점을 바라보았다. 메리는 냉장고 문을 열고 쭈그려 앉은 채 음료수를 채워 넣고 있었다. 뒤로 묶은 머리카락이 등 뒤에서 살랑살랑 흔들렸다.

"모르지."

"몰라?"

영표가 눈을 동그랗게 뜨고 나를 보았다.

"다른 사람의 마음을 어떻게 다 알겠어."

"그런가."

삶에 사랑이 없다면, 그 무엇이 의미 있으랴

에리히 프롬 글 | 이근오 엮음 | 모티브

《소유냐 존재냐》, 《사랑의 기술》, 《자유로부터의 도피》를 토대로 에리히 프롬의 사상을 현대에 맞게 재구성한 철학 책. 쉽고 탄탄한 문장 덕분에 청소년들도 몰입해서 읽을 수 있다. 철학 책은 소리 내어 읽을 때, 더 깊은 통찰을 준다.

인생을 바꾸는 이메일 쓰기

이슬아 글 | 이야기장수

실용서와 에세이 중간 어디쯤 있는 이 책은 입말이 살아 있으면서도 깔끔한 문체 덕분에 소리 내어 읽는 즐거움이 크다. 누군가를 설득하거나 갈등을 조율하는 실용적 목적 의 글쓰기를 통해, 결국에는 사람을 대하는 마음가짐에 대 해 돌아보게 하는 미덕이 있다.

다르게 걷기

박산호 글 | 오늘산책

자신만의 방식으로 일과 삶을 정의해낸 사람들의 다채로 운 목소리가 담겨 있어 낭독에 재미를 더해준다. 책장을 넘기다보면 존재의 본질을 고민하게 되고, 무슨 일을 하 며 살 것인지 고민하는 청소년들이 자신만의 방식으로 삶 을 살 수 있게 도와줄 것이다.

니하오, 한구어!

안녕, 낭독!

이
인
희

니하오, 한구어!

안녕, 낭독!

첫 만남

　　　　　"서울 영일초등학교에 입학한 신입생 여러분, 환영합니다. 학부모님들께서는 지금부터 배부된 안내문을 잘 보시면서 제 말씀에 귀 기울여주시기 바랍니다. (…) 안내문에 기재된 서류들을 내일 아이들 가방에 꼭 넣어주시고, 큐알 코드를 찍어 학급 밴드에 가입해주시기 바랍니다. 이후 모든 안내는 학급 밴드를 통해 공지될 예정입니다."

　입학식의 마지막 순서로 나는 학부모님들께 학교생활에 필요한 내용들을 상세히 안내했다. "어쩌면 이렇게 안내가 귀에 쏙쏙 들어오지요?"라는 주변 선생님들의 칭찬에 낭독을 배우길 잘했다며 속으로 흐뭇해했다.

　그러나 다음 날, 절반 이상의 아이들이 서류를 제출하지 않았고, 밴드 가입도 하지 않았다. 이 학교는 다문화 학생이 많아 어느 정도 예상했던 일이기도 하다. 우리 반 열다섯 명 중 한 명을 제외하고는 중국인이나 조선족 부모님을 둔 다문화 학생이다. 주 양육자가 우리말을 사용하거나 대한민국에서 어린이집과 유치원을 다닌 아이들은 우리말 이해가 수월한데, 중국에서 입국한 지 얼마 되지 않은 학생들은 불안한 표정으로 나를 바라볼 뿐이다. 무슨 말을 하는지 도통 알지 못하겠다는 눈치다. 주변을 두리번거리며 혹여라도 놓치는 게 있을까봐 안절부절못하거나 어차피 무슨 소리인지 알아듣지 못하니 아예 대놓고 딴짓을 하기도 한다. 그런 학생들을 집중시키고, 이해시키기 위해 나는 입뿐 아니라 온몸으로 말을 한다.

1학년 2반 보물들

중도 입국으로 처음 우리 학교에 들어온 친구들은 일반 학급에 배정을 받지만 매일 한 시간 정도 이중언어 구사가 가능하신 선생님과 한국어 교실에서 공부한다. 어느 정도 듣고 말하기가 가능해지면 세계시민 교실에서 한국 선생님과 읽기와 쓰기 위주의 공부를 한다. 한국어 교실과 세계시민 교실에서의 수업은 학생의 수준과 상황에 맞추어 일 대 일 또는 일 대 이로 진행된다. 또한 상담 선생님이 통역 선생님과 함께 아이와 부모님을 심층 상담하고, 필요할 때는 신속하게 상담 프로그램을 지원하여 학생의 원활한 학교생활 적응을 돕는다. 원하는 경우 지역아동센터와 연계하여 지속적인 돌봄을 받을 수 있도록 한다. 일반 수업 시간에도 통역 선생님을 요청하면 수업에 도움을 받을 수 있으며, 키다리 프로그램을 통해 각 학년 선생님들께 보충수업을 받을 수도 있다. 이 모든 프로그램은 방학 중에도 이루어지며 특별히 2주 동안 진행되는 다문화 캠프는 신나는 놀이와 다양한 체험을 통해 우리나라 문화를 경험할 수 있어 학생들에게 인기가 많다. 그렇게 학교생활에 잘 적응하고, 말하기, 듣기, 읽기, 쓰기가 어느 정도 수준에 이르면 일반 학생들과 함께 교실에서 모든 수업에 참여하며 대한민국 서울 영일초등학교 학생으로 완전한 홀로서기를 한다. 이렇게 되기까지는 학생의 상황과 수준에 따라 짧게는 1년, 길게는 6년이 걸리기도 한다.

우리 반 자선이는 2월 말 중국에서 입국했고 가족 중 한국어가 가능한 어른이 없어 내가 하는 거의 모든 말을 알아듣지 못했다. 오직 "자선아!" 하는 외침에만 반응할 뿐이었다. 중국에서 1학년을 다녔고 덧셈, 뺄셈, 곱셈까지 능숙하게 하지만 글을 읽을 줄 몰라 수학 문제 풀이가 어렵다. 그래서 통역 선생님께서 자선이 옆에 딱 붙어 계신다. 한 학기가 지나니 한글을 제법 잘 읽고, "쏜쌩님, 안늉하쎄요." 하며 배꼽인사도 한다. 받침이 없는 글자는 대부분 읽을 수 있지만 뜻을 아는 건 아니다. 내가 "줄 서세요."라고 하는데 바른 자세로 자리에 앉아 있을 때도 있다. 자선이에겐 아주 똑똑한 여학생을 짝꿍으로 앉힌다. 자선이는 짝꿍이 하는 대로 뭐든 따라 하기 때문이다.

그런 자선이에게 아이가 나무를 끌어안고 있는 그림을 보여주며 "나는 뭐가 좋아요?" 하고 묻는다. 그럼 자선이는 "나는 나무가 좋아요."라며 문장을 읽는다. 아이가 나비를 가리키는 그림과 함께 "나는 뭐가 좋아요?"라고 물으면, "나는 나비가 좋아요."라고 읽는다. 아이가 사과 바구니를 안고 있는 그림을 보여주면 자선이는 자연스럽게 "나는 사과가 좋아요."라고 말한다. 그림과 문장이 완벽하게 일치되는 단순한 책이 자선이에게 도움이 된다. 책을 덮고 "자선이는 뭐가 좋아요?" 하고 물으면, 부끄럼 많은 자선이는 금세 안절부절못한다. 시선이 이리저리 도망다니느라 바빠진다. 그럴 때면 나는 얼른 엄지를 들어 보이고, 자선이를 자리로 돌려보낸다.

자기는(이름이 '자기'이다.) 자꾸 나한테 반말을 한다. "선생님, 이거 해?", "선생님, 이거 좋아.", "선생님, 이뻐." 잘 모르는데도 내가 질문하면 손을 번쩍번쩍 들고, 발표를 시키면 "몰라." 한다. "두 번 쓰세요." 해도 자기 마음대로 세 번, 네 번 쓸 때도 있고, 내키지 않을 땐 겨우 한 번 쓰고 "나 안 해." 한다. 받아쓰기할 때 책상 속에 답지를 넣고 보다가 나한테 걸려서 답지를 가져가니 입술을 삐죽거린다. 욕심은 많아 백 점은 맞고 싶은데 생각대로 되지 않으니 그 맘도 이해가 간다. 매사가 자기 이름처럼 자기 마음대로이고, 엉뚱한 행동으로 친구들의 원성이 잦지만 살살 달래고 타이르면 뭐든 열심히 한다.

"우리는 무엇을 타요?"

"우리는 기차를 타요."

"우리는 무엇을 타요?"

"우리는 택시를 타요."

"뭐가 보여요?"

"바다가 보여요."

"자기도 바다 가봤어요?"

"아니, 나 못 갔어."

입을 쭉 내밀고 삐죽거리지만,《바다》라는 책을 읽으며 자기는 바다를 알고 말하게 된다.

옥란이는 한국에 온 지 1년이 안 되었지만 조선족인 할머니 덕분에 할머니 스타일의 한국어를 잘 구사한다. 할머니께는 옥란이한테 꼭 한국어로만 말씀해달라고 신신당부를 했다. 그래서인지 옥란이는 쓰는 것은 어려워해도 대부분의 말을 알아든고 읽고 말한다. "자기가 자꾸 혼자 간식 먹어요. 말 안 들어요." 그러면서 자기를 노려본다. 그럼 자기는 중국말로 옥란이에게 독설을 퍼붓는다. 옥란이도 지지 않고 중국말로 맞대응한다. 내가 한국말로 중재한다. 두 가지 언어가 혼재한 어지러운 상황이 정리되고, 잠시 후 둘은 사이좋게 종이를 오리고 붙이며 알콩달콩 놀이를 한다. 목소리가 우렁차고 끼가 많은 옥란이는 국어 시간 목소리 연극에서 두각을 나타낸다.

"두루미야, 오늘 저녁 식사에 초대할게."

옥란이의 실감 나는 낭독에 친구들도 눈을 동그랗게 뜨고 듣는다. 친구들의 박수와 선생님의 칭찬에 턱을 치켜들고 어깨에 힘이 잔뜩 들어간 채 옥란이는 자리로 가 앉는다.

항상 나의 일거수일투족을 뚫어지게 쳐다보는 군현이는 잘 듣지도 말하지도 못해 처음에는 학습이 어려운 학생인 줄로 오해했다. 그런데 받침이 있는 글자, 겹모음, 겹받침 글자까지 완벽하게 읽어내 나를 놀라게 했다. 그런데도 소통이 전혀 되지 않아 그야말로 충격이었다. 더구나 받아쓰기와 수학시험 점

수도 매번 백 점이었다.

"우리 집 식탁이에요. 여기 밥이 있어요. 여기 국이 있어요. 그리고 여기 생선도 있네요."

"무엇을 먹었나요?"

"밥, 국, 생선 먹었어요."

"군현이는 뭐가 먹고 싶어요?"

대답이 없다. 머리만 긁적이고 난감한 표정으로 시간만 흐른다. 잘 읽고 이해해서 답한다. 하지만 자신의 경험이나 생각을 적절한 문장으로 만들어 표현하는 건 어렵기만 하다. '도대체 넌 누구냐?' 내가 이제껏 알고 있던 언어 발달에 관한 상식, 즉 듣기 - 말하기 - 읽기 - 쓰기 순서로 이루어진다는 박제된 지식이 하찮아지는 순간이다. 언어 발달은 개인의 상황과 성향에 따라 다르게 나타난다는 것을 깨닫는다. 군현이 부모님께 부탁해 군현이가 학교에서 우리말을 사용할 수 있는 시간을 최대한 확보하기로 했다. 군현이는 우리 반에서 일주일 내내 늘봄 프로그램에 빠짐없이 참여하는 유일한 학생이다. 집에 가면 중국어만 사용하시는 할아버지와 대부분의 시간을 보내기 때문에 내가 아이를 위해 할 수 있는 건 최대한 오래 한국어 사용 상황에 노출될 수 있도록 해주는 일이다.

민우는 중국어와 한국어를 할 줄 안다. 엄마는 한국어를 전혀 모르지만 민우는 한국에서 어린이집을 다녀 한국어 사용이 능숙하다. 학부모 상담 시에는 민우 아버지와 휴대전화의 인공지능(AI) 통역 기능을 이용해 대화했는데, 내용이 원활하게 전달된 것 같지는 않았다. 민우 엄마는 내 전화를 절대 받지 않는다. 중국 아이들도 중국말은 하지만 읽지는 못하는데 민우는 중국어 읽기가 가능해 도서관에서 주로 중국어 책을 빌려 읽는다. 간혹 아침에 병원에 가야 해서 통화가 필요할 때는 민우가 직접 나에게 전화를 한다. 옆에서 엄마가 중국어로 이야기하면 민우가 나에게 통역해준다. 한번은 출근길에 킥보드를 타고 학교 반대 방향으로 향하는 민우를 만났다. 학교와 꽤 떨어진 위치였고 사람들도 많이 오가는 지하철역 근처라 위험해 보여 민우를 불러세웠다. 아침을 사러 간단다. 1학년짜리 아이가 엄마를 대신해 아침을 사러 간다. 그것도 혼자서. 말이 통하지 않으니 부모님께 전화해서 물을 수도 없고, 민우는 급한지 서둘러 가던 길을 갔다. 민우가 한국말을 잘해서 참 다행이다.

"두 아이가 무엇을 해요?"

"두 아이가 딱지치기를 해요. 한 아이가 서서 쳐다보아요."

"이번에는요?"

"세 아이가 딱지치기를 해요. 두 아이가 조용히 쳐다보아요."

"또요?"

"다섯 아이가 딱지치기를 해요. 어느덧 열 명이에요."

"민우는 무슨 놀이 제일 좋아해요?"

"그림 그리기요."

실제로 쉬는 시간이면 민우는 혼자 책상에 엎드려 그림을 그린다. 온통 탱크, 총, 칼로 가득찬 그림이다. 너의 세상은 전쟁이구나. 나도 하루하루가 전쟁인데.

유나도 두 가지 언어를 사용한다. 가끔 내가 통역이 필요할 때면 내가 하는 말을 반 친구들에게 통역해준다. 그럭저럭 의도한 대로 이루어지는 걸 보면 유나의 통역 솜씨가 좋은 것 같다. 유나 부모님은 학구열이 높으셔서 영어도 가르치지만 유나는 중국어, 한국어, 영어 모두 읽고 쓰지 못한다. 넉 달 동안 열심히 한글을 가르쳤지만 'ㄱ'과 'ㅏ'가 만나 '가'가 되는 원리를 끝내 알지 못했다. 분명 '가지'는 읽는데, '가'를 모른다고 한다. 어금니를 꽉 물고 숨을 깊게 들이마시며 마음을 다잡는다. 아직 음가를 알지 못하는 유나에게는 반복되는 낱말이 있는 책 읽기가 최고다.

"코 코 코 코 눈. 코 코 코 코 코. 코 코 코 코 입. 눈 코 입이 모이면 내 얼굴."

이렇게 함께 읽고 나서 '코'라는 글자를 보여주면 천하의 유나라도 아주 씩씩하게 "코"라고 말한다.

"그것 봐. 계속하니까 잘하지?"

승연이는 할머니, 할아버지, 오빠와 함께 산다. 태어나서 한 번도 엄마 얼굴을 본 적이 없다. 아빠는 멀리 일을 하러 가서서 가끔 집에 오신다고 한다. 온 가족이 한국말을 사용해 승연이는 한국어만 할 줄 아는 다문화 학생이다. 그런데 승연이는 좀처럼 말을 하지 않는다. 못하는 건지 안 하는 건지, 뭘 물어도 대답이 없다. 반복해서 물으면 윗니로 아랫입술을 잘근잘근 씹으며 긴장된 표정을 짓는다. 그러다 금세 눈물이 그렁그렁 맺힌다. 질문한 나는 속이 탄다. 저 천사 같은 아이의 눈에 눈물을 맺히게 한 것만으로도 죄인이 된 기분이다. 나는 승연이와 함께 방과 후에 한글 공부를 했다. 넉 달 동안 'ㄱ'과 'ㅏ'가 만나면 '가'가 된다는 말을 천 번도 넘게 한 것 같다. 그 지난한 노력의 결실로 승연이가 드디어 7월 첫 주에 '가'를 읽었다. 이제는 '거', '고', '구'도 읽을 수 있게 되었다. 처음엔 승연이가 정서적으로 불안하여 말을 하지 않는다고 생각했다. 그런데 묻는 말이 무슨 뜻인지 모르기도 하고, 알아도 대답할 말을 제때에 만들어내지 못한다는 걸 오랜 관찰 끝에 알게 되었다. 이해되지 않는 말을 들은 승연이의 최선의 반응은 웃음이었다. 잘 웃는 아이가 아니라 웃을 수밖에 없었다. 친구들과 놀이할 때 승연이는 항상 아기 역할을 맡는다. 언어 사용이 지극히 제한적인 승연이에겐 굳이 말할 필요가 없는 '아기' 역할이 가장 편안했으리라. 그런 승연이를 위해 나는 언어 검사와 종합심리 검사를 의뢰했다. 승연이에게 "가족 중에 누가 좋아?" 하고 물으니 "오빠요." 한다. "친구 중에는 누가 좋아?" 하니 "은지요." 한다. 길게 묻거나 생각을 물으면 답을 하지 못한다. 그런 승연이와 함께 책 읽기를 한다.

"엄마와 어디에 갔어요?"

"엄마와 마트에 갔어요."

입 모양을 살피며 초집중해서 들어야 알아들을 수 있다.

"무엇을 샀나요?"

"사과, 과자, 배추, 무, 파, 양파, 아이스크림."

맞다. 승연이는 아직 한글을 읽지 못한다. 그런데 책을 읽는다. 그것도 아주 줄줄줄줄 외워서 읽는다. 감각이 좋은 승연이는 글자의 짜임은 이해하지 못하지만 그림을 보고 눈치로 때려 맞히고, 한번 보았던 글자의 모양을 대강 기억했다가 소리로 옮긴다. 그런데 한글을 모르는 승연이가 스스로 책을 줄줄줄 읽는다는 자신감이 승연이의 입을 더 적극적으로 열게 하고 계속해서 소리 내게 하더니 눈물을 멈추게 했다. 승연이는 이제 울지 않는다.

"형은 무엇을 타요?"

"형은 자전거를 타요."

"누나는 무엇을 타요?"

"누나는 그네를 타요."

"나는 친구와 무엇을 타요?"

"나는 친구와 시소를 타요."

"나는 무엇을 쓰고 있나요?"

"나는 모자를 쓰고 있어요."

나와 승연이가 번갈아가며 묻고 답한다.

"선생님, 유나 이거 읽어요?"

"아니, 아직. 승연이가 도와줄래?"

이제 승연이는 유나의 낭독 선생님이 되어 유나를 가르친

다. 누군가에게 도움이 되는 존재가 되는 일은 스스로 살아나
게 한다. 승연이의 웃음에 자신감이 묻어난다.

매일 아이들과 함께 '교육공동체 벗'에서 나온 '책 발자국
K-2 수준 평정 그림책 시리즈'를 읽는다. 간단한 그림과 함께
단순한 문장 한두 개가 적혀 있는 여덟 쪽짜리 책으로, 모두
예순 권이며 단계가 올라갈수록 문장의 수도 늘어난다. 책은
서로 돌려가며 읽고 집에 가지고 가서 연습한 후, 다음 날 교
실에 오자마자 꺼내놓고 큰 소리로 읽는다. 한국어를 사용하
는 가족이 없는 친구를 위해 방과 후에 내 목소리로 녹음한 파
일을 만들어 전송한다. 아이들의 소리에 힘이 붙을수록 나도
힘이 난다.

나는 1학년 2반 모두의 선생님이다. 3학년 수준의 책을 줄
줄 읽어내는 학생, 말은 하지만 '가'를 읽지 못하는 학생, 자기
이름 말고는 아는 한국어가 없는 학생, 무슨 말인지 몰라 그저
웃기만 하는 학생이 모두 함께 소리 내어 책을 읽는다. 아침
자습 시간, 수업 시간, 쉬는 시간, 점심시간, 방과 후를 가리지
않고 우리 교실은 아이들이 내는 책 읽는 소리로 가득하다.

언어 그리고 생존

　　　　　"내일 사서 선생님께서 우리 반 친구들과 함께 공개 수업을 하십니다. 참여를 원하시는 부모님께서는 10시 30분까지 학교 도서관으로 오시기 바랍니다."

　학급 밴드에 공지글을 올렸다. 다음 날, 아뿔싸! 10시 30분은 시작 시간이 아닌 끝나는 시간이었다. 학부모님과 사서 선생님께 너무 미안한 상황이 되고 말았다. 1교시 수업을 마치고 도서관으로 아이들을 데리고 이동하면서 학급 밴드에 급하게 공개 수업 시간을 정정하는 공지글을 올리고 죄송한 마음으로 도서관에 갔다. 그런데 웬걸! 이미 여덟 명 정도의 학부모님께서 우리보다 먼저 와 계셨다. 학교에서 일주일 전에 발송한 이중언어로 된 가정통신문을 보시고 참여한 분들이셨다. 오히려 내가 공지한 안내를 받으신 한국어를 잘 아는 부모님 두 분은 참여하지 못하셨다.

　만약 학교의 가정통신문이 부모님께 전달되지 않았거나 중국어 표기가 없었다면 대부분의 부모님은 공개 수업에 참여하지 못했을 것이다. 언어 때문에 삶에서 놓치는 것들이 많다.

　대한민국에서 나고 자란 이들에게 한국어는 당연하고 자연스러운 일상이지만, 한국어가 아닌 모국어를 사용해온 사람에게 한국어는 외계어와도 같다. 외계어로 소통되는 공간에서 일상을 유지하는 일은 결코 쉽지 않다.

아이들이 내 말을 알아듣지 못해 복장이 터질 것 같을 때면, 스무 살 무렵 러시아 모스크바에 머물렀던 시간을 떠올린다. 어느 날 엘리베이터에 갇혔지만 말 한마디 할 수 없어 답답하고 두려웠던 그 심정을 다시 불러본다. 너희는 나보다 더하겠지. 나는 잠시였지만 너희는 그 시간을 살아가고 있으니까.

그런 아이들이 낯선 땅에 와서 사회의 한 구성원으로 자리 잡고, 자신의 목소리를 낼 수 있도록 준비하는 자리, 바로 그 적절한 위치에 내가 함께 서 있다.

2년 전, 생각지도 못했던 학교로 발령을 받아 처음 아이들을 만났을 때가 떠오른다. 어쩌면 이곳은 내가 꽤나 쓸모 있게 쓰일 자리일지도 모른다고 스스로 다짐하며, 당황스러웠던 마음을 달랬다.

대한민국 서울 한복판에 이런 곳이 있을 거라고는 상상하지 못했고, 세종시에 사는 내가 이곳에 올 거라고는 더욱 상상하지 못했다. 20년 교직 인생에 새로운 역사가 시작된 순간이었다. 나는 그 상상치 못했던 곳에서 다양한 아이들과 날마다 읽고 또 읽는다. 조심스럽게 용기 내어 소리 내는 아이들의 목소리에 귀 기울인다. 아이들의 목소리를 들으며 내가 채울 수 있는 구멍을 찾고 채우기를 반복한다.

행운처럼 낭독을 만났고, 그렇게 소리 내어 글자를 읽으며 인생이 더 재미있어졌다. 나만 알기 아까워 내 주변 사람들, 두 딸, 동료 교사, 그리고 가장 많은 시간을 함께 보내는 우리 교실의 아이들과 나누며 살아간다. 날마다 불어넣는 낭독의 바람이 아이들의 삶의 공간 어딘가를 채우고, 그렇게 채워진 공간이 아이들의 삶에 잔잔한 힘이 되어주리라 기대한다.

강아지똥 | 권정생 글 | 정승각 그림 |
길벗어린이

보슬보슬 봄비가 내렸어요. 강아지똥 앞에 파란 민들레 싹
이 돋아났어요.

"너는 뭐니?"

강아지똥이 물었어요.

"난 예쁜 꽃을 피우는 민들레야."

"얼마만큼 예쁘니? 하늘의 별만큼 고우니?"

"그래, 방실방실 빛나."

"어떻게 그렇게 예쁜 꽃을 피우니?"

"그건 하느님이 비를 내려 주시고, 따뜻한 햇볕을 쬐어 주
시기 때문이야."

"그래애……. 그렇구나……."

강아지똥은 민들레가 부러워 한숨이 나왔어요.

"그런데 한 가지 꼭 필요한 게 있어."

민들레가 말하면서 강아지똥을 봤어요.

"……."

"네가 거름이 돼 줘야 한단다."

"내가 거름이 되다니?"

"네 몸뚱이를 고스란히 녹여 내 몸속으로 들어와야 해. 그래야만 별처럼 고운 꽃이 핀단다."

"어머나! 그러니? 정말 그러니?"

강아지똥은 얼마나 기뻤던지 민들레 싹을 힘껏 껴안아 버렸지요.

비는 사흘 동안 내렸어요. 강아지똥은 온몸이 비에 맞아 자디잘게 부서졌어요……. 부서진 채 땅속으로 스며들어 가 민들레 뿌리로 모여들었어요. 줄기를 타고 올라가 꽃봉오리를 맺었어요.

봄이 한창인 어느 날, 민들레 싹은 한 송이 아름다운 꽃을 피웠어요. 향긋한 꽃 냄새가 바람을 타고 퍼져 나갔어요. 방긋방긋 웃는 꽃송이엔 귀여운 강아지똥의 눈물겨운 사랑이 가득 어려 있었어요.

아이들과 낭독하기 좋은 책

낭독하는 아이

서혜정, 정윤경 글 | 어수현 그림 | 다봄

슈퍼문이 뜬 날, 어린 서혜정과 어른 서혜정이 저택에서 만나면서 벌어지는 마법 같은 이야기이다. 저자의 오랜 낭독 교육 경험으로, 아이가 목소리를 통해 스스로의 생각과 감정을 표현하게 되는 과정을 세밀하게 엿볼 수 있는 귀한 책이다.

김종원의 예쁜 말 시리즈(1~3권)

김종원 글 | 나래 그림 | 상상아이

예쁜 말, 따뜻한 말, 씩씩한 말을 계속 입으로 말하다보면, 어느새 내면이 단단하고 마음이 따뜻하며 당당하게 자신을 표현하는 멋진 나를 발견하게 될 것이다.

즐거운 소음 – 두 사람을 위한 시

폴 플라이시먼 글 | 에릭 베도스 그림 | 정지인 옮김 | 다산 어린이

100년이 넘는 역사 속에서 시집으로는 드물게 뉴베리 대상(1989년)을 수상한 작품이다. 이 시집에는 '함께' 읽는 즐거움이 있다. '두 사람'이 같이 읽어야 하는 시집이기 때문이다. 선생님과 학생이, 부모와 자녀가, 또는 친구끼리 서로 주거니 받거니 낭독하며 누리는 즐거움은 새롭고 특별하다.

너에게 들려주며

나를 읽는다

이
현
숙

너에게 들려주며

나를 읽는다

나를 일으켜준 아이

"윤아, 이 글자를 봐봐! 긴 작대기에서 작은 작대기가 밖으로 나가지? 그래서 소리가 밖으로 나가는 거야. 자, 선생님을 따라 해봐!"

"아—."

손을 입술에서부터 바깥쪽으로 멀리 옮겨가며 아이에게 설명하자, 아이는 잘 따라 했다.

"아—."

"우리 윤이 너무 잘하는데? 다시 한번 읽어볼까?"

"아—."

"그렇지, 그거야! 다음 글자는 긴 작대기에서 작은 작대기가 밖으로 두 개나 나가지?"

"그러니까 소리를 바깥으로 보내는데 좀 더 세게 읽는 거야. 선생님을 따라 해봐!"

"야—."

"야—."

"우리 윤이 너무 잘하는데? 다시 한번 읽어볼까?"

그런데 갑자기 "나, 한글 몰라요." 하며 서럽게 눈물을 쏟아낸다.

도대체 어느 대목이 이 아이를 힘들게 했을까?

"윤이가 잘해서 한번 더 해보라는 거야. 응?"

아무리 달래도 아이는 고개를 떨구고 눈물만 뚝뚝 흘린다. 하는 수 없이 공부를 접기로 했다. 어른인 나 역시 노력해도 되지 않는 것들이 있는데 아이는 오죽할까.

방법을 바꿔 이번에는 윤이에게 책을 읽어주기로 했다. 함께 읽으면 좋겠지만, 윤이는 아직 한글을 잘 모르니 윤이가 좋아하는 책을 먼저 읽어주기로 한 것이다.

그런데 좋아하는 책이 무엇인지 물어봐도 윤이는 대답하지 않았다. 그래서 매일 아침 독서 시간에 아이의 책상 위에 펼쳐진 그림책을 살펴보기로 했다. 아이가 그림책을 읽는 건 아니지만, 스스로 선택한 책이니 다른 책을 읽어주는 것보다는 좋을 것 같았다. 그렇게 아이와 나의 첫 그림책은《고릴라와 너구리》이루리 글, 유자 그림로 결정되었다.

한글을 읽어야 한다는 부담감을 덜어주기 위해서 처음에는 그림을 살펴보며 그림을 설명해주었다. 그리고 다시 책장을 넘겨 책을 읽어주기 시작했다. 아이가 재미를 느낄 수 있도록 최대한 느낌을 살려 재미있게 읽어주었고, 때론 몸 동작을 하고 동물 흉내를 내기도 했다. 나의 노력에 견주어 반응이 적었던 아이. 가끔은 민망하기도 했지만, 첫술에 배부르랴 싶어 같은 책을 여러 번 반복해서 읽고, 그림을 설명했다. 일주일이 지났을 무렵, 아이가 드디어 그림책 속 한 장면을 가리키며 이렇게 묻는다.

"선새니임~, 이게 고리라예요? 이거 원숭이?"

"응, 원숭이. 이건 고릴라, 저건 오랑우탄."

동물 흉내를 내며 동물들의 이름을 알려주는 내 모습이 웃겼는지 윤이가 웃는다. 이렇게 예쁘게 웃는 아이구나!

"선새니임~, 이거 보라색 꽃 뭐예요?"

"아, 그건 라일락."

"나 이거 봤어요. 저기 바게 있어요."

"아, 그건 등나무꽃이야, 비슷하게 생겼지?"

"드… 나무?"

"응, 등나무."

책을 읽어주는 날이 반복될수록 윤이는 궁금한 것을 질문하기 시작했고, 가끔은 문장의 어미를 따라 말해보기도 했다. 그런 아이의 변화가 너무 반가워 나도 모르게 따라 읽기를 독려하면, 아이는 여지없이 "몰라요." 한다. 아이를 기다려주기로 해

놓고 다시 급해지는 나를 보며, 속으로 자책하다가 웃곤 했다.

그러다 어느 순간부터 아이는 내 소리에 응답하듯 조금씩 따라 읽기 시작했다.

"고릴라 알지?"

"고리라 아지?"

"너구리도 알지?"

"너구리도 아지?"

그렇게 조금씩 따라 읽기 시작하던 윤이가 이제 나에게 책을 읽어주겠다고 한다. 상기된 표정으로 동그란 눈망울을 반짝이는 윤이를 보니, 뭉클하다.

"윤이가 선생님한테 《고릴라와 너구리》를 읽어준다고?"

"그럼 우리 윤이가 읽어주는 《고릴라와 너구리》 이야기 한번 들어볼까?"

나는 윤이와 나란히 책상에 앉았다. 윤이는 그림책을 읽어나가기 시작했다.

묻는 말과 대답하는 말의 어미를 다르게 표현하고, 발음은 부정확했지만 내가 읽어주며 했던 몸짓과 이야기를 복기하듯, 윤이는 그렇게 소리 내며 한 줄, 한 줄 읽어나갔다. 그러자 목소리에도 변화가 생기기 시작했다. 한글 공부를 하자고 하면 눈물을 흘리며, "몰라요.", "못해요.", "싫어요." 하던 아이가 나에게 책을 읽어주고 있다. 책 읽어주기의 기적이 이런 걸까? 나도 모르게 눈가가 뜨거워졌다.

하고 싶은 게 없는 아이를 지도하는 일은 여간 힘든 게 아니다. 더욱이 실패 경험이 있거나 말수가 적은 아이를 대할 때는 더욱 조심스럽고 어렵다. 코로나 팬데믹을 거치며 많이 달라진 아이들과 생활하면서 나의 교육 방식에 대해 고민할 때도 많다. 진심이 아이들에게 닿지 않는 것 같아 상처받을 때도 있다. 이번에도 그럴 수 있었는데, 윤이가 그림책을 소리 내어 읽어주면서 나를 다시 일어나게 했다.

섬마을 학교 도서관의 변화

전교생이 쉰 명 남짓이고, 그중 절반 이상이 다문화 가정인 섬마을 학교에 처음 근무하게 되던 해였다. 그해 처음으로 도서관 업무도 맡게 되었다. 유난히 '처음'이 많았던 해라 설렘만큼이나 두려움도 컸다.

도서관 문을 열었더니 귀곡산장이 따로 없었다. 창에는 진회색 암막 커튼이 쳐 있고, 키 높은 서가들과 칙칙하게 즐비한 캐비닛들까지, 낮인데도 밤같이 으스스했다. 더욱이 도서관에 왜 있는지 모를 물건들이 여기저기 놓여 있는 것으로 보아 '이 학교에서도 도서관은 복합문화공간 역할을 담당하고 있었구나!' 싶었다.

육지의 도서관은 화사한 색깔의 페인트를 칠하고 흡사 실내 놀이터 같은 가구와 인테리어로 아이들이 즐겨 찾을 수 있도록 만들어 놓았는데, 섬에서 유일한 문화 공간이랄 수 있는 학교 도서관의 실체를 보니 안타깝기 그지없었다. 때마침 그림책으로 아이들과 교감하며 노는 활동에 매료되어 있었던 시절이라 의욕적으로 도서관의 서가들을 재배치하기로 마음먹고 퇴근 후와 주말에도 학교에 남아서 일을 했다. 감사하게도 아이들과 동료 선생님 몇 분이 도와주어 함께 도서관을 정비할 수 있었다.

육지의 어린이 도서관에 견줄 수는 없지만 키 높은 서가를 정리하고 햇빛이 좋은 창가 쪽에는 앉아서 책을 볼 수 있도록 꾸미고, 아이들이 좋아하는 숨은 공간도 만들어주었다. 창가에는 그림책 갤러리를 만들고, 도서관 게시판에는 주제를 정해 읽어줄 책 제목을 표지와 함께 게시했다.

아침이면 도서관에 아이들을 모아 책을 읽어주었다. 두 달 정도는 우리 반 아이들만 참여했는데, 시간이 지나면서 다른 학년 아이들도 도서관을 찾기 시작했다. 어떤 날은 나보다 일찍 도서관에 와서 친구와 함께 책을 읽기도 하고, 우애가 남달랐던 한 남매는 오빠가 여동생과 그 친구들을 위해 책을 읽어주기도 했다.

누군가에게 소리 내어 읽어주는 낭독은 단순히 책을 읽어주는 행위, 그 이상의 의미를 갖는다. 누군가를 위해 시간을 내고, 한 공간에 앉아 온 마음을 담아 전하는 목소리에는 한 사람의 진심이 담겨 있다.

나 역시 그렇게 진심을 담아 아이들에게 책을 읽어준다. 아이들이 서로 책을 읽어주는 모습을 보면 찡그린 표정이 하나도 없다. 서로를 바라보는 다정한 눈길, 행복한 미소를 바라보는 것만으로 그 따뜻함과 행복이 고스란히 나에게 전해져오는 것 같다.

"선생님, 우리도 밤에 도서관 열 수 있어요?"

"응?"

"저도 엄마랑 같이 도서관에서 책 보고 싶은데, 우리 엄만 너무 바빠요. 하지만 학교에서 오라고 하면 올 거예요. 부탁이에요. 네?"

“저도요. 엄마한테 책도 읽어주고 싶고, 도서관에서 엄마랑 시간도 보내고 싶어요.”

야간도서관 운영은 아이들의 간절한 바람이 되었고 제안이 되어버렸다.

야간에 도서관을 개방하면 우리 집 아이들은 누가 봐줄지, 다음 날 수업에 지장은 없을지, 더욱이 도서관 업무도 처음 맡아보는 내가 무슨 능력으로 야간도서관 프로그램을 운영한단 말인가? 그것도 혼자서? 갑자기 머릿속이 복잡해졌다.

“얘들아, 그게 갑자기 할 수 있는 게 아니야. 교장 선생님께 허락을 받아야 해. 선생님 혼자서 결정할 수 있는 게 아니야.”

“교장 선생님께는 우리가 말할게요.”

“교장 선생님께서 허락하셔도 어떻게 운영할지 선생님이 계획도 세워야 하고, 그게 간단한 게 아니란다.”

변명을 늘어놓을수록 실망스러운 표정으로 변해가는 아이들을 보면서 미안하기도 하고, 주저하는 마음을 아이들에게 들킨 것 같아 창피하기도 했다. 아이들의 간절한 모습에 일단 저질러보기로 마음을 먹었다.

다음 날 아이들의 제안을 교장 선생님께 말씀드렸고, 교장 선생님께서는 퇴근 후에도 아이들을 위해 도서관 프로그램을 운영해준다면 고마운 일이라면서 도울 일이 있으면 무엇이든 말하라며 흔쾌히 허락해주셨다. 개인적으로 가장 큰 고민이었던 내 아이들의 돌봄도 야간도서관을 개방하는 날에는 교장 선생님께서 맡아주시겠다고 하셨다.

화요일과 목요일에 도서관에서 만나 함께 책을 읽고, 이야기를 나누면서 서로의 마음이 톡 건드려지기를 바라는 마음에 '화목한 독讀, 톡talk, 톡'이라는 프로그램을 운영했다.

시범적으로 한 달에 두 번 운영해보고, 참여도와 만족도가 높으면 횟수를 늘리기로 했다. 학생들의 가정은 대부분 베트남 출신 어머니를 둔 다문화 가정이었다. 어머니들은 기본적인 한국말은 듣고 이해하셨지만, 책을 읽는 것은 어려워하셨다. 항상 농사일로 바빴고 농한기에도 일손이 필요한 곳을 찾아 일하러 다니니 당연한 일이었다.

아이들의 성화에 일을 저지르긴 했지만, 참석하신 어머니들의 표정을 보고는 '내가 경솔했구나' 싶었다. 일을 끝내고 집에 오자마자 아이들의 손에 이끌려 도서관에 오신 어머님들의 표정은 신이 나서 들뜬 아이들의 표정과 대조적으로 피곤함과 어색함으로 가득했다. 먹고사느라 일하기도 바쁜데 갑자기 학교에 와서 아이와 함께 책을 읽으라니, 지금 생각해보면 얼마나 당황스러우셨을까 싶다.

아이들은 읽고 싶은 책을 먼저 고르기 위해 책을 찾느라 바빴고, 어머니들은 그런 아이들의 모습을 가만히 지켜보셨다. 잠시 후, 인기 있는 책을 먼저 찾은 아이의 환호성이 터져나오자, 드디어 어머니들도 웃기 시작했다. 작은 소란이 지나가고 아이들은 각자 찾은 책을 도서관 여기저기에 앉아 어머니에게 정성껏 소리 내어 읽어주었다. 어떤 아이는 배우처럼 목소리 연기를 하기도 했다.

지금도 아이가 자신에게 책을 읽어주던 모습을 바라보던 어머니들의 눈빛과 신이 나서 책을 읽던 아이들의 표정을 잊을 수 없다. 낯선 나라에서 가정을 꾸리고, 가족을 위해 묵묵히 살아왔을 그분들에게 아이가 읽어주는 낭독을 듣는 시간은 분명 치유의 시간이었을 것이다. 그리고 아이들에게는 어머니와 함께할 수 있어 더없이 행복한 시간이었으리라.

아이들이 책 읽어주는 소리가 좋았는지 어머니들은 이후에도 꾸준히 참석해주셔서 야간도서관 프로그램은 개방 횟수가 점차 늘어나게 되었고, 겨울에는 가족과 함께하는 독서 캠프도 운영하게 되었다. 체육관에 가족들이 옹기종기 모여 앉아 그림책을 함께 보면서 각자의 경험을 덧입혀 서로의 목소리로 이야기를 들려주는 시간은 참 아름다웠다.

이렇게 서로 책을 읽어주면서 섬마을에 작은 변화가 일어났다. 어머니들은 학교에서 선물로 제공한 그림책을 동네 마트에 모아놓고 마을 그림책처럼 돌려 읽으셨다. 다음 해, 다문화가정의 어머니들은 한글을 배우기 시작했고, 아이들은 글을 써서 책을 만들고 싶다며 자율 동아리를 만들어 글과 그림을 넣어 책을 만들고 낭독회를 열었다.

아이들과 부모님의 달라진 모습을 지켜보며 깨달았다. 사랑하는 사람에게 책을 읽어주는 일은 단순히 글자를 소리 내어 전달하는 행위가 아니라, 마음을 담아 건네는 연서와도 같다는 것을. 그런 사랑이 깃든 어여쁜 책 소리였기에 서로의 마음에 깊은 울림을 남길 수 있었던 게 아닐까.

낭독인 줄 몰랐는데

나는 아이들이 참 좋다.

뻔한 거짓말을 아무렇지 않게 하는 순진함도, 선생님이 하는 말이라면 진짜라고 믿어버리는 순수함도 좋다. 방금까지 울다가도 언제 그랬냐는 듯 방긋 웃는 변덕과 웃기지도 않은 일에도 큰소리로 '깔깔' 웃어버리는 그 너그러움이 좋다.

무엇보다 내가 애쓰는 걸 알아채고, 재미없어도 재미있다고 말해주는 그 배려가 좋다. 그래서 결국, 모든 것이 다 좋다.

그런 아이들과 함께하는 일이 행복할 것 같아 교사가 되었다. 그리고 결혼 후 아이가 생겼다. 아이를 누구보다 좋아했고 교사라는 직업을 통해 많은 아이를 만나면서 성장해왔기에, 나는 훌륭한 엄마는 아니더라도 엄마로서 역할을 잘 해낼 수 있을 거라 믿었다. 하지만 착각이었다. 아이가 내게 와주었다는 기쁨도 잠시, 왜 우는지 알 수 없는 아이를 안고 하루종일 같이 우는 날도 있었다. 아이를 좋아한다고 자신있게 말해왔는데 정작 내 아이가 생기자 너무 버겁고 힘들기만 했다. 나는 도망치듯 복직을 선택했고, 아이에게는 미안했지만, 학교에 출근하면서 내 마음에는 평안이 찾아왔다.

아이를 소중하게 잘 키워주신 시어머니 덕분에 아이는 잘 자랐지만, 도망치듯 직장으로 나와버린 내 마음에는 죄책감이 싹트기 시작했다. 아이에 대한 죄책감을 덜기라도 하듯 나는 퇴근 후 아이에게 최선을 다하려고 노력했고, 그 노력 중 하나가 매일 아이가 좋아하는 책을 읽어주는 일이었다. 특히, 아이가 좋아하는 《눈물바다》서현 글·그림.

시험은 망쳤고, 급식은 맛없고, 짝꿍 때문에 선생님께 혼나고, 비는 오는데 우산이 없어 상자를 뒤집어쓰고 집에 겨우 왔더니, 부모님은 서로 싸우느라 나는 거들떠보지도 않고, 오히려 저녁밥을 남겼다는 이유로 꾸중을 듣는다. 이렇게 울고 싶은 일이 잇달아 일어난 날, 아이는 혼자 침대에 누워 울기 시작한다.

눈물이 난다. 자꾸만… 자꾸만… 훌쩍 훌쩍 훌쩍.

아이가 우는 장면에서는 나도 따라 운다.

그러다가 아이가 "시원하다. 후아~."라고 말하는 대목을 읽어주고 나면 그렇게 속이 후련할 수가 없다. 분명 읽어주기 전부터 알고 있던 이야기이고, 묵독으로 수십 번도 더 읽었던 이야기인데도 소리 내어 읽으니 눈물이 함께 터져 나왔다. 아이에게 《눈물바다》를 낭독해줄 때마다 나의 눈물샘은 속절없이 터져나왔다. 갓난아이를 두고 도망쳤다는 죄책감이 《눈물바다》를 읽어주면 쏟아지는 눈물로 씻기는 기분이었다. 울고 싶은 날이면, 일부러 《눈물바다》를 읽어주기도 했다.

눈물이 난다. 자꾸만… 자꾸만… 훌쩍 훌쩍 훌쩍.

힘든 날에는 더 큰 소리로 울며 읽었다. "엄마, 왜 울어?" 하고 아이가 물으면, "눈에 뭐가 들어가서 아파서 우는 거야. 얼른 빠지라고."라고 대답하곤 했다. 그러면 아이는 그 귀여운 입술을 내 눈에 갖다 대며 "내가 후~ 불어줄게!" 하는데, 얼마나 사랑스러운지!

그렇게 사랑스러운 아이도 커갈수록 혼내는 일이 생겼다. 아이는 내게 혼나는 날이면 《고함쟁이 엄마》유타 바우어 글·그림, 이현정 옮김라는 책을 가져와 계속 읽어달라고 했다. 《고함쟁이 엄마》는 아기 펭귄에게 소리 지르는 엄마 펭귄 때문에 아기 펭귄의 몸이 산산조각이 나서 전 세계에 흩어져버린다는 다소 충격적인 내용이지만, 엄마 펭귄이 아기 펭귄의 몸을 찾아 전 세계를 돌아다니고 아기 펭귄의 몸을 꿰맨 후 사과하는 이야기여서 아이가 무척 좋아했다.

다 꿰매고 나서 엄마는 말했어요. "아가야, 미안해."

"다 읽었다. 이제 잘까?"하고 책을 덮으려고 하면, "아니야, 더 읽어!" 한다. 그렇게 세 번 정도 반복해서 읽어준다. 그런데도 아이는 "아니야, 더 읽어!"라고 한다. 그럼 나는 아이와 일주일에 한 번은 아이가 읽고 싶은 책을 "그만."이라고 할 때까지 반복해서 읽어주기로 한 약속 때문에 하는 수 없이 책을 반복해서 읽는다.

"다시 읽어."

"한 번 더!"

그렇게 반복해서 읽어주다보면 어느 순간 아이는 편안한 표정으로 "이제 그만."이라고 말하곤 스스로 책을 덮고 잠자리에 든다.

잠자는 아이의 등을 바라보며, 초보 엄마의 불안과 두 아이 양육의 버거움 때문에 혼낼 일도 아닌 일로 아이의 마음에 상처를 준 건 아닌지 반성한다. 그러다 문득 궁금해졌다. 왜 아이는 혼나는 날이면 《고함쟁이 엄마》를 엄마한테 벌주듯 반복해서 읽게 했을까? 아이의 표정을 천천히 떠올리며 곱씹어보았다. 어쩌면 아이도 내가 《눈물바다》를 읽으면서 치유의 순간을 경험했듯이 엄마의 목소리로 들려주는 "미안해."라는 말에 서운했던 마음을 풀고 회복했던 건 아닐까? 모든 생명에게는 자기 치유 능력이 있다는데, 내 아이도 자신을 지키기 위해, 엄마를 미워하지 않기 위해 그렇게 노력했던 건 아닐까?

그렇게 그림책 읽어주기의 매력에 빠져 학교와 집을 오가며 아이들에게 책을 읽어주었다. 처음엔 아이들을 위해 책을 읽어준다고 생각했는데 어느 순간, 아이들에게 그림책을 읽어주면서 내가 얻는 기쁨과 에너지가 크다는 걸 깨달았다. 사십 년을 넘게 살면서 한 번도 들어보지 못했던 선생님이 책 읽어주면 재밌다는 말도, 웃겨서 좋다는 말도 듣게 되었다. 그냥 책을 읽어주었을 뿐인데, 소리 내며 웃다가 바닥을 구르기도 하고 엄지를 들어올려주기도 한다. 그렇게 소리 내어 읽는 즐거움에 스며들다가 마침내 '낭독'과 만나게 되었다.

나에게 들려주는 낭독

두근두근 첫 낭독 수업. 소풍을 앞두고 마냥 설렌 아이처럼 온라인 미팅 앱에 접속했던 나와 달리, 동기들은 자기 목소리에 대한 이해도 높고 낭독 수업에 참여한 목적도 분명해보였다. 텍스트를 눈으로 보고 소리 내어 읽기만 하면 될 일인데, 그게 뜻대로 되지 않았다. 내 차례가 돌아오면 머릿속은 매번 하얘졌고, 쿵쾅거리는 소리가 내 심장 소리인지 옆에서 나는 소리인지 헷갈릴 만큼 크게 들렸다. 몸은 이미 내 것이 아니었다.

낭독을 하는 건지 옹알이를 하는 건지 알 수 없는 내 목소리는 입속의 작은 공간에 머문 채, 좀처럼 밖으로 나가지 않았다. 강사인 성우님이 사용하는 용어들은 외계어처럼 느껴졌고, 머리로는 이해한 것 같은데 몸에 붙지 않아서인지 생각만큼 낭독이 잘 되지 않았다. 들으면 마음에 파문이 일어나는 동기들의 낭독을 들을 때마다, 나는 도대체 무엇을 하고 있는 건지 자괴감이 들었다.

한 과정이 끝나고 다음 과정 등록을 앞두고는 그만두어야 할지, 계속해야 할지 고민했다. 그러면서도 무언가에 홀린 듯 다음 과정을 신청하는 나를 보며, '참 대책 없다'는 생각이 들기도 했다.

그러다 《긴긴밤》으로 낭독회를 하던 날, 이상하게도 마음이 편안해졌다. 내 앞에 《긴긴밤》의 초원이 펼쳐지고, 노든과 어린 펭귄의 모습이 하나둘 떠올랐다. 다른 사람들은 의식되지 않았고, 나는 노든이 되었다가 어린 펭귄이 되었다가 하며 그들의 이야기를 내 목소리로 흘려보냈다.

낭독을 마치고 난 뒤, 처음으로 편안한 기분이 들었다.

'아, 낭독은 이렇게 하면 되는 거구나!' 스스로 뿌듯한 마음도 들었다.

돌이켜보면 잘하고 싶은 마음에 주변을 지나치게 의식하느라 있는 그대로의 나와 내 목소리를 세상에 꺼내놓는 일이 불편하고 힘들었던 것 같다. 발음이 조금 부정확하면 어떻고, 목소리가 다소 지루하면 또 어떤가. 내 생각과 느낌을 있는 그대로 담아 소리 내어 읽으면 되는 것을.

지금도 여전히 낭독 수업은 긴장이 된다. 다만 나도 윤이처럼 달라진 게 있다. 소리 내어 읽는 낭독의 매력에 서서히 스며들고 있다는 것이다. 누구에게 보여주기 위한 낭독이 아니라, 나에게 들려주는 낭독.

이제 나는 내 목소리로 활자에 생명을 불어넣어 글자가 살아 움직이는 순간의 즐거움을 누리고 있다.

나나 올리브에게 | 루리 글·그림 | 문학동네

나나에게

이른 새벽에 남쪽에서 사람들이 왔어요. 또 어디론가 떠나는 사람들이에요. 어디인지 아무도 모르는 그 어디론가로요.

둥글게 둘러앉은 사람들이 서로의 사정을 털어놓아요. 나도 내 이야기를 털어놓고요.

전쟁이 아니었다면 평생 마주칠 일이 없었을 사람들은 서로가 어떻게 살아왔는지는 모르지만, 그럼에도 서로의 이야기를 귀 기울여 듣고 "나도 그래." "다들 그렇게 살지."라는 말을 해 줘요.

사람들은 모두 비슷한 슬픔을 안고 있어요. 그 사실이 나를 버티게 해요. 가끔은 슬픔이 턱밑까지 차올라서 그만 잠겨 버리고 말 것 같을 때, 내 옆에 나처럼 턱밑까지 차오른 슬픔 속에서 천천히 앞으로 헤엄쳐 가는 사람을 보게 되는 거예요. 그러면 나도 아, 아직 괜찮구나, 하고 따라서 헤엄을 쳐요. 헤엄치는 나를 보고 또 다른 누군가 역시 헤엄을 치겠지요.

우리는 이렇게 시커먼 슬픔 속에서 아슬아슬하게 줄지어 헤엄을 치고 있어요. 나를 위해서, 그리고 서로를 위해서요.

당신의 코흘리개

고릴라와 너구리 시리즈(1~2권)

이루리 글 | 유자 그림 | 북극곰

고릴라와 너구리의 반전 있는 로맨스 그림책. 아기자기한 그림과 함께 한글 자음으로 만들어진 그림책으로 한글을 배우기 시작하는 아이, 아직 한글을 잘 모르는 초등학교 저학년 아이들과 함께 낭독하면 좋은 책이다. 삼행시를 하듯, 낭독을 놀이처럼 할 수 있다.

소년과 두더지와 여우와 말

찰리 맥커시 글·그림 | 이진경 옮김 | 상상의힘

어느 페이지를 펼쳐서 읽어도 위로받고 희망을 느끼게 해주는 따뜻한 책이다. 책의 구성 방식이 책을 싫어하는 아이들도 쉽게 읽을 수 있어 아이들과 함께 낭독해보기를 권한다. 책을 읽고, 마음에 와닿았던 페이지를 낭독하게 하여 릴레이 낭독으로 미니 낭독회를 진행해보는 것도 좋다.

너처럼 예쁜 동시, 나태주 동시 따라쓰기

나태주 글 | 윤문영 그림 | 한솔수북

이 책은 나태주 시인의 시를 읽고, 필사할 수 있는 시집이다. 학급에서 매일 아이들과 나태주 시인의 시를 필사하고 낭독하다보면, 아이들의 마음에도 주변에 대한 애정 어린 시선이 싹틀 것이다.

나와 당신의
일상이
낭랑하길

조선혜

말을 삼키던 시간

누군가에게 속마음을 표현하는 게 참 어려웠다. 타고난 기질일 수도 있고, 자라온 환경이나 경험의 영향일 수도 있다. 마음이 힘들 때 누군가에게 시원하게 털어놓으면 좋으련만, 말이란 내 입을 벗어난 순간부터 더는 내 것이 아니라는 생각에 늘 조심스러웠다.

교사라는 직업은 이러한 나의 성향을 더욱 견고하게 만들었다. 내 말과 행동이 타인에게 어떻게 비칠지 끊임없이 살피면서 스스로 검열했다. 교직 사회 안에서도 소수 직군인 사서교사인 나는, 내부에서도 외부에서도 편히 입을 떼지 못했다.

북 내레이터를 꿈꾸며 처음 낭독에 입문했을 때, 동기들은 수업 도중 종종 눈물을 흘리곤 했다. 텍스트에 자신의 마음을 비추면서, 깊숙이 가라앉아 있던 감정이 올라오기도 하고, 코칭을 통해 그 감정이 무엇인지 알아차리기도 했다. 어쩌면 그것은 치유의 순간이었는지도 모른다. 하지만 나에게 아직 그 공간은 조심스러웠고, 내밀한 속마음을 꺼내는 일은 여전히 서툴렀다. 그저 목표에 충실하며 성실하게 수업을 이어갈 뿐이었다.

간절히 바라던 북 내레이터가 되어 오디오북을 녹음하고 낭독회를 열며 출간의 기쁨을 누렸지만, 행복은 짧았다. 목표만

보고 달릴 때는 몰랐는데, 일이 힘들고 마음이 지치니 마이크 앞에 앉는 게 즐거움이 아닌 '또 다른 일'로 다가왔다. 당시 나는 낭독을 잘 해내야 하는 숙제로만 여겼다. 몸과 마음의 에너지가 이미 바닥난 상태에서 더 이상 낭독을 이어갈 수 없었다. 나는 낭독과 점점 멀어져갔다.

한동안 깊은 우울감이 나를 덮쳤다. 혼자 끙끙 앓다가도 누군가 마음을 알아주는 한마디를 건네면 왈칵 눈물이 쏟아졌고, 힘겨운 마음을 어렵사리 꺼냈는데 돌아오는 반응이 차갑게 느껴지면 아이처럼 엉엉 울어 상대를 당황하게 만들기도 했다. 어떤 밤에는 스스로 오점이라 여기는 일들이 떠올라 잠을 설치기도 했다. 시간은 어느덧 12월을 향해 달려 겨울방학을 눈앞에 두었지만, 다가올 새 학기를 생각하면 숨이 막혔다. 결국 나는 휴직을 선택했다.

이토록 아름다운 단어들

아이러니하게도 낭독에서 도망쳤던 내가 다시 숨을 쉬기 위해 돌아온 곳은 바로, 낭독이었다. 처음으로 100일 동안 매일 소리 내어 글을 읽었다. 매달 같은 책을 낭독하고 월말에 낭독회를 여는 '한달살이 낭독' 공동체에 기대어 낭독을 이어갈 수 있었다. 평소 취향대로라면 손이 가지 않았을 책들도, 느슨하게 연결된 이 모임 덕분에 기꺼이 마주할 수 있었다.

특히 이상교 작가님의 《농담처럼 또 살아내야 할 하루다》이상교 글·그림를 읽으며 나는 새삼 놀랐다. 세상에 이토록 아름다운 단어들이 많다는 사실에. 입술을 떼어 소리를 내니 그 단어들은 더욱 정겹고 따스하게 다가왔다. 이 책은 내게 담담한 위로를 건네주었다. 살아가는 일에 도무지 애태울 건 없다고, 농담처럼 또 살아내야 할 하루라고 말이다.

욘 포세의 《아침 그리고 저녁》욘 포세 글, 박경희 옮김은 마침표를 생략한 채 쉼표와 반복을 통해 끊임없이 순환하는 삶과 죽음의 여정을 그려낸다. 책의 문장들을 소리 내어 읽다보면 그 독특한 호흡과 리듬이 온몸으로 전해지는데, 텍스트라는 악보를 내 목소리로 직접 연주한다는 감각이 무엇인지 실감할 수 있었다.

개브리얼 제빈의 《섬에 있는 서점》개브리얼 제빈 글, 엄일녀 옮김을 만나며 그동안 어렵게만 느꼈던 소설 낭독의 재미를 알게 되었다. 전지적 작가의 눈으로 섬 전체를 멀리서 조망하다가도, 어느 순간 인물의 내면 깊숙이 클로즈업하듯 다가가는 시

선의 이동이 무척 흥미로웠다. 인물의 시선을 세밀하게 따라
가는 동안, 평면적인 글자들은 어느덧 눈앞에 입체적으로 살
아났다.

　이렇게 책과 함께 호흡하는 소중한 여정을 거치며, 나는 조
금씩 낭독의 맛을 느끼기 시작했다.

문장이 건네는 위로

　　　　　　나를 살린 또 다른 인연은 '웃자' 모임
이다. 4월 어느 날, 송정희 성우님과 함께 공주로 향했다. 그곳
에서 오랫동안 국어를 가르치다가 퇴직하신 최은숙 선생님을
만났다. 사실 선생님과의 첫 만남은 오디오북이었다.《미안,
네가 천사인 줄 몰랐어》최은숙 글 속에 담긴 아이들의 해맑은
영혼과 아이들을 바라보는 따스한 시선, 그 문장들이 낭독가
의 목소리를 타고 마음 깊숙이 스며들었다. 직접 만나기 전부
터 이미 오래 알고 지낸 사이처럼 친숙하게 느껴졌다.

　그날 공주에서 만난 전·현직 국어 선생님과 출판사 대표님
까지, 우리 여섯 명은 다정한 환대 속에 온기를 나누었다. 이를
계기로 선생님의 산문집《웃으면서 기다리자》최은숙 글에서 이
름을 딴 '웃자' 모임이 시작되었다. 두 주에 한 번, 화요일 아침

아홉 시. 온라인에서 저자와 함께 책을 낭독하며 울고 웃는, 꿈만 같은 시간이 펼쳐졌다.

한동안 나의 낭독은 글자를 읽어 내려가기에 급급했다. 그러다 모임을 거듭하면서 문장의 행간에 담긴 의미를 섬세하게 들여다보게 되었다. 특히 아이들과 진솔하게 마음을 나누었던 선생님의 이야기를 읽을 때면 벅찬 감동과 부러움이 밀려왔다.

돌이켜보니 도서관 운영이나 수업이 의도대로 되지 않을 때, 나는 늘 내가 만나는 아이들의 특성이나 변화하는 환경, 또는 나의 기술적인 부족에서 원인을 찾으려 했다. 하지만 선생님의 글을 낭독하며 깨달았다. 그보다 더 중요한 건 아이들을 대하는 '나의 마음'이었음을. 낭독 또한 세련된 기술보다 저자의 진심을 헤아리는 것이 먼저라는 걸 다시금 배웠다.

참아왔던 감정을 낭독과 함께 쏟아내고나니 혼탁했던 마음이 맑게 정화되는 기분이었다. 어두운 표정의 나를 발견할 때마다 서둘러 그 상태를 벗어나야 한다며 스스로 다그치곤 했었는데 이제는 안다. 어떤 감정도 틀리거나 부끄러운 것이 아니라 그저 내 마음이 그려내는 무늬라는 것을. 이제는 있는 그대로 느끼고 허용하며, 내 마음이 보내는 정직한 신호에 귀를 기울이기로 했다.

좋은 글을 함께 낭독하다보니 문장들이 품은 온기가 더욱 귀하게 느껴졌다. 좋은 책이 더 멀리 닿기를 바라는 마음으로, 나는 조심스레 제안했다.

"우리, 이 책을 함께 녹음해보면 어떨까요?"

그렇게 시작된 작업은 기나긴 녹음과 편집의 시간을 거쳐 비로소 완성되었다. 우리는 결과물을 점자도서관에 기증하였다. 우리의 진심을 담은 소리가 누군가의 마음에도 따스한 위로가 되기를 바라면서.

답답한 마음을 안으로만 삭이던 나는, 낭독으로 나를 위로하는 법을 배웠다. 좋은 문장을 소리 내어 읽는 행위는 가장 가까이에서 건네는 다정한 응원이었다. 혹시 자기 마음을 돌보는 일에 서툴다면, 또는 누군가를 위해 낭독을 시작하려 한다면, 이 말을 꼭 전하고 싶다.

"나에게 먼저 낭독을 선물하세요."

남자 고등학생의 목소리

"제가 만나는 아이들은 남자 고등학생인데, 이 아이들과 낭독을 할 수 있을까요?"

아이들과 낭독을 해보라는 말을 처음 들었을 때 나는 회의

적이었다. 어떻게 이끌어야 할지 막막했고, 아이들의 시큰둥
한 반응이 예상되어 선뜻 엄두가 나지 않았다.

하지만 '남자 고등학생과의 낭독'은 뜻밖의 계기로 찾아왔다.
코로나19 재확산으로 여름 독서캠프가 무산되어 대체 프로그
램을 고민하던 때, 마음 한구석에 품고 있던 '낭독'이 떠오른
것이다. 피할 수 없는 상황이 되자 비로소 용기가 생겼다.《나
에게, 낭독》서혜정·송정희 글의 저자인 두 성우님과 머리를 맞대
고 고민한 끝에 낭독과 진로, 강의와 실습을 결합한 '저자와의
대화' 프로그램을 기획했다.

행사에 앞서 독서 동아리 아이들과 먼저《나에게, 낭독》으로
독서모임을 해보기로 했다. 그런데 책을 읽지 않고 온 아이들
이 태반이었다. 나는 위기를 기회로 삼아 책을 펼쳐 들었다.

"자, 선생님이 먼저 읽을게. 그다음엔 돌아가면서 한 문단씩
읽어보자."

한 명, 두 명, 아이들의 목소리가 조심스럽게 이어졌다. 어느
새 도서관은 책장 넘기는 소리와 아이들의 숨소리, 그리고 기
분 좋은 울림으로 가득 찼다. 내가 북 내레이터 과정을 거치며
수없이 연습했던 문장들이 아이들의 목소리를 타고 도서관에
서 생생하게 살아났다.

"조금만 더 천천히 읽어보자!", "누군가에게 말을 한다고 생각하면서 읽어볼까?", "포즈. 다음 문장 눈으로 보고, 이미지를 구체적으로 떠올려보세요."

성우님들께 지도받았던 기억을 되살려 피드백을 건네자 아이들의 낭독은 금세 달라졌다. 소리 내어 읽는 경험이 드물었던 아이들에게는 꽤나 신선한 충격이었던 모양이다.

"선생님, 소리 내서 읽는 게 생각보다 재밌어요. 다음엔 다른 책으로 낭독해보고 싶어요!"

아이들의 반응에 자신감을 얻어 1학년 창체 수업으로 범위를 넓혔다. 처음엔 수줍어하던 아이들도 횟수를 거듭할수록 제법 자신 있게 목소리를 냈다. 무엇보다 의미 있었던 건 그동안 제대로 들어보지 못했던 아이들의 음성을 들을 수 있었다는 점이다. 낭독은 무기력하게 엎드려 있거나 자기만의 세계로 숨고 싶어 하던 아이들을 깨웠다.

한국어 읽기가 서툰 외국인 학생의 낭독도 잊을 수 없다. 평소 대화할 땐 제법 유창하게 한국어를 구사했지만, 활자를 소리 내어 읽는 것은 익숙하지 않은 듯 아이는 더듬더듬 문장을 이어나갔다.

한 문장 한 문장 읽어나가는 데 다소 시간이 걸렸지만, 누구도 재촉하지 않았다. 모두 숨을 죽인 채 조용히 기다려주는 사이, 마침내 마지막 문장 낭독을 마쳤다. 우리는 끝까지 해낸 친구에게 뜨거운 응원의 박수를 보냈다.

수업 시간에 낭독을 하니 아이들의 읽기 능력과 특성이 금방 눈에 들어왔다. '낭독을 활용하면 표현이 서툴거나 조용한 아이도 놓치지 않고 함께 갈 수 있겠다'는 확신이 들었다.

드디어 《나에게, 낭독》 저자와의 대화가 열리는 날, 도서관은 설렘과 긴장으로 가득했다. 학생들은 성우님들의 지도에 따라 자세를 바로잡고 소리 내는 법을 몸으로 익혀나갔다. 이어진 합독 시간, 《강아지똥》과 《나는 고양이로소이다》나쓰메 소세키 글, 김난주 옮김의 문장들이 아이들의 목소리를 타고 웅장하게 울려 퍼졌다. 함께 입을 떼며 자신감을 얻어서일까, 일대일 코칭이 시작되자 분위기가 순식간에 달아올랐다. 예정보다 훨씬 많은 학생이 코칭을 받았음에도, 끝내 기회를 얻지 못한 학생들이 못내 아쉬워할 정도로 열기는 뜨거웠다.

분위기가 최고조에 달한 것은 '도전, 나도 성우!' 코너였다. 서혜정 성우님이 〈롤러코스터 남녀탐구생활〉 특유의 무미건조한 톤으로 첫마디를 뱉는 순간, 여기저기서 환호성이 터져나왔다. 텔레비전에서 듣던 익숙한 목소리가 눈앞에서 라이브로 들려오자 아이들은 자신의 눈과 귀를 의심하듯 열렬히 반응했다.

이날의 하이라이트는 애니메이션 〈이누야샤〉의 더빙 체험이었다. 〈이누야샤〉의 열혈 팬인 지원이가 이누야샤 역할을 맡아 성우님과 호흡을 맞췄다. 대본을 든 손은 떨고 있었지만, 목소리에는 섬세한 감정이 묻어 있었다.

"금강, 넌 내가 세상에 태어나 처음으로 좋아하게 된 소중한 여자야. 그런데… 아무것도 해주지 못했어."
"처음 보네. 이누야샤, 넌 그런 얼굴로 우는구나!"
"난 끝내 널 구하지 못했어."

지원이가 격정적으로 대사를 내뱉으며 열연을 펼치자, 친구들과 선생님들 사이에서 탄성이 잇따랐다. 지원이는 그렇게 '성공한 덕후'가 되었고, 가슴속에 품었던 성우라는 꿈에 성큼 다가섰다.

낭독은 단순히 텍스트를 읽는 시간을 넘어, 아이들 내면에 숨은 뜨거운 에너지를 끄집어내는 마법 같은 순간이었다. 행사 내내 아이들의 반짝반짝 빛나는 모습을 볼 수 있어 가슴이 벅찼다.

행사가 끝난 후, 학생들이 제출한 소감문을 읽으며 나는 비로소 안도했다. 남자 고등학생들에게 낭독이 통할까 고민했던 것이 기우였음을 확인하는 순간이었다. 유독 나의 눈길을 붙잡은 것은 고등학생이 된 후 독서와 담을 쌓고 지냈다던 한 학생의 글이었다.

"천천히 소리를 내어 책을 읽으니 주인공의 사연에 공감하게 되고, 어린 시절 어머니와 자기 전에 서로에게 읽어주던 동화책 제목이 떠오르기도 했습니다. 낭독은 휴식이 필요한 나 자신만을 위한 특별한 라디오 같아요."

낭독이 마음속 깊은 곳에 잠들어 있던 다정한 기억을 깨우고, 메마른 일상에 책과 함께하는 시간을 되찾아준 것이다.

처음에는 개인적인 관심으로 시작했던 낭독을 이제는 학생들과 함께 나눌 수 있게 되었다. 아이들은 작은 자극에도 눈부시게 성장하는 존재였다. 남자 고등학생에게도 낭독의 기쁨을 선물할 수 있다니! 낭독에 대한 나의 편견이 기분 좋게 깨진, 참으로 귀한 시간이었다.

나를 사랑하는 시간

내게 첫사랑처럼 찾아온 교사 낭독 동아리 '낭랑한 하루'는, 전국 단위의 교사 성장모임인 '자기경영노트(이하 자경노)'에서 시작되었다. 자율연수휴직이라는 시간을 의미 있게 채우고 싶었던 내게, 자경노 모집 공고는 마치 운명처럼 다가왔다.

전국 각지의 선생님들과 온라인 화면으로 처음 만났던 날, 두근거리는 자기소개와 활동 안내가 끝나고 리더 선생님께서 '무엇이 성공인가'라는 글을 화면에 띄우셨다.

"누가 이 글을 한번 읽어주실래요?"

순간 정적이 흘렀다. 그 정적을 깨고, 나는 용기 내어 슬그머니 손을 들었다.

"제가 한번 읽어볼게요."

무엇이 성공인가

랄프 왈도 에머슨

자주 그리고 많이 웃는 것
현명한 이에게서 존경받고

어린아이에게서 사랑받는 것

정직한 비평가에게서 찬사를 받고

친구의 배반을 참아내는 것

아름다운 것을 식별할 줄 알고

다른 사람에게서 장점을 발견해내는 것

건강한 아이를 하나 낳든

한 뙈기의 밭을 가꾸든

사회 환경을 개선하든

자기가 태어나기 전보다 조금이라도

살기 좋은 곳으로 만들어놓고 떠나는 것

이 땅에 잠시 머물다 감으로써

단 한 사람의 인생이라도 행복해지는 것

이것이 진정한 성공이다.

낭독을 마치자 갑자기 채팅창이 뜨거워졌다.

"우와~ 정말 멋지네요. 감동입니다!"

"오디오북에서 듣던 목소리를 이렇게 듣다니! 영광입니다."

"힐링되네요."

"낭독 동아리 있으면 좋겠어요."

당시 나는 1년간 낭독 수업을 듣고 오디오북을 출시한 후 낭독가로서 발을 떼던 시기였다. 선생님들의 과분한 칭찬은 내 마음속에 작은 불꽃을 일으켰다. '내가 정말 잘할 수 있을까?' 하는 망설임도 잠시, '내 경험이 누군가에게 도움이 될 수도 있다'는 용기로 바뀌는 순간이었다.

나는 도전을 택했다. 전문 성우님께 낭독을 배운 시간, 동기들과 치열하게 연습했던 과정, 오디오북 출시와 낭독회에 참여했던 경험을 총동원해 커리큘럼을 짰다. 낭독 전문가의 자문도 구하며 방향성을 점검했다. 그리고 마침내 여섯 명의 선생님들과 함께 일상에 '소리 내어 읽는 기쁨'을 더하는 '낭랑한 하루'를 시작했다.

첫 달은 선생님들이 가장 바쁜 3월임을 고려해 일요일 아침 7시 30분에 온라인으로 만났다. 서울, 부천, 부산, 창원 등 각지에서 참여한 선생님들은 저마다의 이유로 낭독을 찾았다. 아이들에게 책을 더 잘 읽어주고 싶어서, 목소리에 자신감을 갖고 싶어서, 또는 본능적으로 이끌려서.

흥미로운 점은 모두 고유하고 매력적인 음색을 가졌음에도, 정작 본인의 목소리에 만족하는 분은 드물었다는 사실이다.

톤이 높은 분은 안정감 있고 단단한 목소리를 부러워했고, 중저음인 분은 낭랑한 목소리를 원했다. 우리는《나에게, 낭독》을 한 페이지씩 돌아가며 읽었다. 긴장은 설렘으로, 설렘은 다시 여유로 변해갔다.

"선생님들과 낭독하고 너무 좋아서 매일 남편과 함께 낭독하고 있어요. 5~10분이지만 치유되는 기분입니다."

한 선생님의 후기처럼, 낭독은 어느새 선생님들의 삶에 스며들었다. 4주 차에 이르러 '내가 만난 낭독'이라는 주제로 직접 쓴 글을 낭독하며 더 많은 이야기를 들을 수 있었다. 40년 넘게 내오던 자기 목소리를 비로소 탐색하게 되어 즐겁다는 소감, 이제는 '내 소리가 어떻게 들릴까?'보다 '내용' 자체에 집중하게 되었다는 고백, 모임이 끝난 후에도 이불 속에서 낭독을 이어간다거나 가족과 함께 낭독의 온기를 나눈다는 이야기를 들을 수 있었다. 또한 본인의 글을 읽을 때 가장 자기답고 편안한 소리가 나온다는 것을 체험하며, 우리는 낭독의 본질에 한 걸음 더 다가섰다.

4월부터는 온라인 카페를 통해 낭독 인증을 이어갔다. 그중 기억에 남는 것은 '20일간의 낭독'이다. 나는 '오늘의 날씨를 목소리에 담아 표현해보기', '내 목소리의 장점 찾아보기', '누군가에게 나의 낭독 들려주기' 같은 미션을 드렸다. 한번은 이금희 아나운서의 라디오 오프닝 멘트를 녹음하는 미션을 드렸는데 유쾌한 소식이 전해졌다. 한 선생님의 지인이 일하는 마트 매장에서 녹음된 목소리가 흘러나왔다는 것이다. 이 일은 우리에게 새로운 활력을 불어넣었다. 목소리 하나로 누군가에게 위로와 즐거움을 줄 수 있다는 사실을 확인한 소중한 경험이었다.

그 밖에도 《우리, 편하게 말해요》^{이금희} 글를 읽으며 말하듯이 낭독하는 연습을 했고, 《30일 완성 목소리 트레이닝》^{우지은} 글으로 호흡과 발성, 발음 훈련을 했다. 《긴긴밤》을 읽으면서는 서사를 이끌어가는 힘을 길렀다.

매일 자신의 목소리를 녹음하고 다시 듣는 과정은 곧 '나와 친해지는 시간'이었다. 장소나 시간, 심리 상태에 따라 달라지는 목소리를 관찰하며 선생님들은 자신의 내면을 들여다보고, 있는 그대로의 자신을 받아들이기 시작했다. 잘하고 싶은 마음에 힘이 들어갔던 목소리는 조금씩 편안해졌고, 발음과 전달력도 좋아졌다.

동아리 활동의 꽃인 마지막 낭독회 날. 지난 5개월의 시간을 증명하듯 선생님들은 각자의 시간이 녹아든 감동적인 낭독을 선보였다. 누군가의 성장을 곁에서 지켜보는 일이 이토록 가슴 벅찬 일이었던가. 그 순간, 나는 아이들의 성장을 돕고 싶어 교단에 섰던 초심을 다시 만났다.

일상에 스며드는 낭독을 위하여

나는 학교 현장과 일상에서 낭독의 씨앗을 부지런히 뿌려야겠다고 다짐했다. 누군가의 삶에 낭독이 스며들어, 자신의 목소리와 마음을 만나는 경험이 계속되기를 바랐다. '낭랑한 하루'를 이끌며 때로 부족함을 느낄 때도 있었지만, 낭독의 참맛을 온전히 전하고 싶다는 갈증은 나를 다시 배움의 자리로 이끌었다. 그 진심은 '낭만시간(낭독으로 나를 만나는 시간)', '사소해(사서교사 소리 내어 읽기 모임)' 등의 이름으로 전국의 선생님들과 함께하는 소중한 만남으로 이어졌다.

나와 함께했던 선생님들은 자신의 학교에서 아이들과 낭독의 기쁨을 나누었고, 누군가는 낭독을 더 배우고 익혀갔으며, 또 누군가는 새로운 낭독 모임을 이끄는 리더로 성장해나갔다. 작은 씨앗 하나가 예상치 못한 곳에서 싹을 틔우는 것처럼, 낭독도 그렇게 조용히, 그러나 넓게 퍼져나갔다.

낭독은 혼자 해도 좋고, 함께 해도 좋다. 분명한 건 나눌수록 깊어진다는 것이다. 낭독으로 자신을 표현하고 누군가를 위로하고 응원하는 시간, 세상과 연결되는 소통의 시간을 가져보는 건 어떨까? 따로 또 같이 낭독의 세계를 헤엄치며 그 즐거움을 만끽하길 바란다.

그레구아르와 책방 할아버지 |
마르크 로제 글 | 윤미연 옮김 | 문학동네

마송 부인의 동의하에 그는 강장제를 처방하듯 나의 낭독
회를 처방한다.

"아, 네."

그는 신경쇠약증을 앓고 있는 사람들에게 말한다.

"지금 당신에게 필요한 게 뭔지 알겠어요! 당신에게 그레
구아르를 처방해야겠군요! 그레구아르를 만나보세요."

나는 책들을 팔에 끼고 나를 필요로 하는 곳들을 찾아가 이
것저것 따지지 않고 온갖 것을 읽는다. 신문, 일기예보, 오늘
의 인물, 부고란, 출생란, 샤를 드골 회고록, 그리고 그들이
서랍에서 꺼내어 건네주는 연애편지들, 한번은 이별 통고 편
지까지. 내게 부탁하는 것은 뭐든 다 읽는다. 그리고 물론, 나
의 레퍼토리는 그만큼 다양해진다. 뭐, 아직은 빈약하기 짝

이 없지만, 그래도 내용이 점점 충실해지고 있다. 그리고 그 점에 관한 한 책방 할아버지의 생각은 확고하다.

"레퍼토리 하나 없이 목소리만 좋은 것, 그건 아무 짝에도 쓸모없는 거야. 레퍼토리가 낭독자를 만드는 거다. 천천히 여유를 가지고 해. 초조해하지 말고. 소설 한 권 한 권, 단편집 한 권 한 권, 그러면 너는 바로 널 감동시키는 진주와도 같은 주제들을 발견하게 될 게다. 너 자신의 취향을 알아가는 일부터 시작해. 자기가 좋아하는 것이어야만 잘 읽을 수 있으니까. 네가 남들과 공유하고 싶은 재미있거나 진지한 텍스트들을 선택하렴. 그리고 차츰차츰 중심축을 만들어 네가 원하는 방향으로 나아갈 수 있도록 해. 그렇게 해서 장르나 주제, 세상의 이런저런 지역이나 저자 이름으로 프로그램들을 만들어. 요소들을 어떻게 배합시키느냐에 따라 온갖 조합이 가능해지지. 너는 금세 푹 빠져들게 될 거다. 텍스트들이 서로 어떻게 연결되는지 보는 건 정말 짜릿하고 감동적이니까. 어떤 한 단어 때문에 이전에 읽은 어떤 책의 어떤 단락을 떠올리게 되는 것처럼 말이다."

아이들과 낭독하기 좋은 책

낭독, 어린왕자

앙투안 드 생텍쥐페리 글 | 서혜정낭독연구소 편저 | 낭독서재

『어린왕자』를 누구나 쉽고 편안하게 낭독할 수 있도록, 끊어 읽기 단위로 새롭게 구성한 책이다. 책을 펼치면 저절로 소리 내어 읽고 싶어지고, 문장의 호흡과 리듬도 자연스럽게 따라가게 된다. 함께 제작된 오디오북을 참고하면 낭독의 즐거움을 다양하게 경험할 수 있다. 아이들과 낭독을 시작하기 좋은 입문서이다.

나에게, 낭독

서혜정, 송정희 글 | 페이퍼타이거

낭독 전문가들이 삶의 여정과 강의 현장에서 마주한 순간들을 기록한 에세이다. 낭독의 언어를 이해하도록 돕고, 다양한 장르의 텍스트를 수록해 소리 내어 읽는 즐거움을 더했다. 현장에서 만난 질문과 구체적인 답변은 실질적인 도움을 준다. 또한, '30일간의 낭독'을 통해 낭독이 일상에 스며들도록 이끈다.

우리, 편하게 말해요

이금희 글 | 웅진지식하우스

이금희 아나운서가 오랜 방송 활동과 대학 강의를 통해 쌓아온 말하기의 태도와 노하우를 담은 책이다. 학생들과의 일대일 티타임 경험을 토대로, 말하기를 어려워하는 이들에게 따뜻한 격려와 실질적인 조언을 건넨다. 말하듯이 자연스러운 낭독을 연습하기 좋다.

뒷글

나를 위해
소리 내어 읽다

송정희

뒷글

목소리를 찾는 여정

강의 현장에서 낭독을 배우러 오시는 분들을 만나다보면 공통된 기대를 보게 된다. 전문가를 만나면 금세 새로운 목소리로 변신할 수 있으리라는 막연한 바람이다. 하지만 지금껏 그런 일은 없었다. 낭독은 새로운 목소리를 얻는 과정이 아니라, 살면서 잃어버렸던 나의 목소리를 되찾아가는 여정에 가깝기 때문이다.

2018년 《나에게, 낭독》을 출간한 이래 지금까지 한 가지 생각에는 흔들림이 없다. 낭독은 '나를 탐구하는 작업'이라는 것. 어떻게 하면 좋은 목소리를 가질 수 있을지, 어떻게 말의 전달력을 높일지 고민하다보면, 그 근원에는 언제나 '나'라는 시나리오가 있다. 나를 잘 알지 못하면 낭독도 더 앞으로 나아가지 못한다. 낭독은 자기 내면의 소리에 귀 기울이며, 거기서 나오는 재료들로 자기 화술을 구축해가는 여정이다. 책 한 권을 자기 호흡으로 처음부터 끝까지 책임지는 일은 인내와 정성이 필요한 공부다. 섬세하고 정교하게 활자라는 거울에 나를 비추는 이 작업은 '나만의 목소리'를 찾는 데 도움이 된다. 결국 우리의 모든 답은 우리 안에 있다.

네 번 읽는 낭독독서법

낭독을 하려면 먼저 묵독을 한다. 천천히 속으로 읽으면서 활자를 나의 생각과 마음에 담는다. 그런 다음 편하게 소리 내어 읽어보는 음독을 한다. 작가가 전하고자 하는 이야기를 알아차리는 시간이다. 활자가 살아서 누군가에게 가닿을 수 있도록. 구체적으로 듣는 이를 생각하며 말의 전달력을 높여 소리 낸다. 청자의 유무가 음독과 낭독의 가장 큰 차이가 아닐까 싶다. 이때 스마트폰에 목소리를 녹음하고, 다 읽고 난 다음에는 녹음한 것을 다시 듣는다.

낭독을 하기 위해서는 이렇게 한 텍스트를 적어도 네 번 읽어야 한다. 이 책에서 말하는 낭독은 묵독, 음독, 낭독, 듣기가 함께 어우러진 읽기의 방식이다. 나는 이것을 '낭독독서법'이라고 한다.

다독과 속독이 익숙한 시대에, 이 낭독독서법은 어쩌면 시대에 맞지 않는 옷처럼 보일지도 모른다. 빨리빨리 무언가를 해내야 하고, 무언가가 되어야 하는 지금 이 세상에서는 말이다. 그런데 알고 있는가? 천천히 활자를 바라보고 사색하는 그 시간, 마음에서 일어나는 내면의 소리를 입 밖으로 흘려보내는 그 시간, 내가 첫 번째 경청자가 되어 나의 소리를 들어주는 그 시간, 그때 우리는 호흡을 되찾는다. 낭독은 호흡 예술이다. 세상의 속도에 나를 맞추는 것이 아니라, 내 호흡의 주도권을 가지고 천천히 앞으로 한 걸음 한 걸음 나아가는 것이다.

낭독은 '함께 읽기'이기도 하다. 이미 독서 능력을 갖춘 학생도, 혼자서 책 읽기가 어려운 학생도, 낭독을 가르치는 교사도 책 한 권을 놓고 합독(다 함께 동시에 읽기)에서 교독(번갈아 읽기)으로, 잘 읽히지 않는 문장 앞에서는 복독(반복해서 읽기)으로 완성도를 높여간다. 누구 하나 빠짐없이 다양한 소리가 교실에 울려 퍼지고, 멈춰 서는 문장 앞에서는 다시 호흡을 가다듬으며 자신의 생각과 마음에 천천히 새겨간다.

'함께 읽기'는 '함께 듣기'로 자연스럽게 이어진다. 교독을 할 때는 자기 차례를 놓치지 않기 위해 다른 사람이 낭독할 때 눈으로 활자를 같이 따라가며 경청하고 함께 호흡해야 한다. 그래야 자연스럽게 전체 문맥에 맞게 자기가 맡은 문장을 표현할 수 있기 때문이다. 교사나 리더는 자기를 텅 비운 상태에서 오로지 낭독하는 이들의 호흡과 소리에 귀 기울이며 따라가는 게 중요하다. 그래야 끊어 읽기, 강세점, 표준 발음 체크, 내레이션과 대사의 구분 등을 실시간으로 코칭해줄 수 있기 때문이다.

낭독 강의의 매력이 여기에 있다. 교육자 혼자서 일방적으로 강의를 이끌어갈 수 없다. 교육생이 있어야 가능한 수업이 낭독 수업이다. 서로의 호흡을 맞춰가며 하나의 문장을 완성해가는 과정, 그것은 낭독 예술이기도 하다.

진짜 내 목소리

나는 대학에서 연극을 전공하고 이십 대 초반에 성우가 되었다. 하지만 오랫동안 방황했다. 성우이면서도 성우의 세계에 온전히 스며들지 못한 채, 무대에 서고 싶은 마음을 한편에 품고 살았다. 하루에도 여러 보이스로 살아야 하는 성우라는 직업은 풍부한 감각과 유연함이 필요했다. 다른 동기들은 그 작업을 흥미롭게 해나가며 마음껏 재능을 발휘하는데, 나는 미운 오리 새끼마냥 그 세계에 적응하지 못하고 기름과 물처럼 동동 뜬 채로 한참을 보냈다. 지금 생각해보면 문제는 나였다. 내가 너무도 강해서 캐릭터에 흡수되지 못했고 나의 호불호로 텍스트를 바라봤다. 마음이 열리지 않으니 소리도 열리지 않았던 것이다.

마침내 기회를 얻어 서게 된 연극 무대에서는 발성이 '성우

같다'며 무대와 맞지 않는다는 말을 들었다. 어느 쪽에도 온전히 속하지 못하는 느낌. 그때 비로소 물었다. 성우도 연극배우도 벗고 나면 남는 나는 누구인가. 그 목소리를 찾고 싶었다. 그 목소리를 찾는다면 어느 매체든, 어디에 있든 자유롭게 나의 목소리를 낼 수 있을 것 같았다.

10년간의 성우 생활을 접고 강원도 산속에서 자연과 함께하는 삶을 선택했다. 조용한 침묵 속에서 돈이 되는 일을 하지 않고, 오로지 나를 위해 소리 내어 책을 읽었다. 그때 이상하게 묘한 자유를 느꼈다. 스스로 자기 목소리를 평가하고 재단하던 패턴이 사라지기 시작했다. 소리를 잊은 순간 나다운 소리를 낼 수 있고, 낭독을 잊은 순간 나다운 낭독을 하는 나를 만날 수 있었다. 내가 나와 맺는 관계 안에서 진짜 내 목소리를 찾은 것이다.

활자를 살아내는 경험

전국의 사서교사를 대상으로 강연할 때 일이다. 초등, 중등, 고등 교사가 한자리에 모이는 자리라 어떤 텍스트로 그 간극을 좁힐 수 있을지 고민했다. 이럴 때는 고전이 좋겠다 싶어 권정생 작가의 《강아지똥》으로 선정했다.

흥미로운 현상이 있었다. 제목을 소리 내는 순간, 다들 높고 밝은 톤으로 "강아지똥"이라고 귀엽게 발음했다. 하지만 첫 문장과 두 번째 문장을 찬찬히 살펴보면 강아지똥의 첫 출현은 밝고 환한 곳이 아닌 골목길 담 밑 구석이다. 지나가던 참새 한 마리에게 들은 반응도 "에그, 더러워!"라는 한마디였다. 강아지똥으로서는 그리 유쾌한 상황이 아니다.

텍스트를 깊이 들여다보고 강아지똥의 감정선을 따라가다 보면, 처음에 습관적으로 내뱉었던 높고 밝은 톤이 자연스럽게 활자 밑에 깔린 서브텍스트에 맞는 톤으로 바뀌어간다. 워크숍이 끝난 후 다들 "강아지똥이 이런 의미를 담고 있었군요!"라며 놀라워했다. 낭독독서법을 통해 다시 만나는 《강아지똥》이 탄생하는 순간이다. 낭독이 빠른 독서가 아닌 까닭이 여기에 있다. 느리지만 내 몸과 마음과 말이 활자를 생생하게 살아내는 체험의 시간이기 때문이다. 그래서 새치기가 없는 정직한 작업이기도 하다.

안 좋은 목소리는 없다

낭독의 문을 열고 들어오는 많은 분이 성우나 아나운서의 목소리를 흉내 내려 한다. 한번 생각해보

자. 그 길의 끝에서 우리가 모두 똑같은 화법으로 낭독을 한다면? 살짝 끔찍하기까지 하다. 우리의 얼굴 모양이 다 다르듯 목소리도 다 다르다. 거기서부터 출발해야 한다.

교사들에게 늘 하는 이야기가 있다. 아직 귀가 열리지 않은 학생들에게 '나처럼 따라해봐'라며 섣불리 들려주지 말라는 당부다. 그게 답인 줄 알고 따라하기만 하면 자신의 개성이 담긴 목소리 표현에서 더 멀어지기 때문이다. 듣는 귀가 좋아져 분별이 생길 때까지는 자기 목소리를 녹음해서 들어보고, 그걸 가지고 좋은 습관을 형성할 수 있도록 안내하는 게 좋다.

안 좋은 목소리는 없다. 안 좋은 습관이 있을 뿐. 그 습관으로 낭독의 첫발을 떼는 것이다. 소리를 내기 전에는 먼저 이완과 감각 깨우기가 선행되어야 한다. 소리 내는 일은 내면의 상태와 깊이 연결되어 있기 때문이다. 손으로 책 표지를 만지는 것, 한 글자 한 글자 손으로 짚어가며 단순히 글을 바라보고 읽는 것, 그 모든 작은 시작이 자기 호흡의 문을 여는 일이다.

어느 지방의 초등학교에서 낭독회 프로젝트를 진행할 때의 일이다. 5, 6학년 예순여섯 명이 참여한 낭독 릴레이를 하던 날, 무대에 오른 한 친구가 조용히 울기 시작했다. 발표에 대한 두

려움, 친구들의 시선, 한 번도 이런 순간에 노출된 적 없는 낯섦 때문이었을까. 나는 그 시간을 그대로 두었다. 어떤 질문도, 어떤 배려도 하지 않고 그냥 함께 숨죽여 있었다. 우리에게는 수습하고 해결하려는 무의식적인 패턴이 있다. 그래서 오히려 그 사람의 목소리를 끝까지 듣지 못하는 경우가 생긴다. 배려라고 생각하는 것이 때로는 독이 된다.

3, 4분이 흘렀을까. 침묵 속에서 그 친구는 스스로 선택했다. 무대에서 내려오지 않았다. 소리를 내고 싶다는 뜻이었다. 혼자서는 못 하겠다고 했다. 담임 선생님과 함께 한 줄 한 줄 교독을 하며 아이는 천천히 입을 떼기 시작했다. 아직도 내 기억에 남는, 그 하모니가 무척이나 감동인 무대였다.

낭독에는 잘하고 못하는 게 없다. 나라는 존재가 자기만의 고유한 영역에서 소리 내어 책을 읽는 행위에 남과 비교될 일이 없다. 긴 시간 낭독을 하고 강의를 하며 느낀 것은 말하는 이도 중요하지만, 듣는 이의 경청 태도와 시선도 그만큼 중요하다는 것이다. 누군가를 정성스럽게 바라보는 시간, 그 시간을 기다릴 수 있으면 우리는 지금보다 나은 우리가 될 수 있다. 그것은 낭독을 하는 궁극의 이유이기도 하다.

책이라는 좋은 도구

　　　　　　　낭독이 좋은 것은 중간에 '책'이라는 도구가 있다는 점이다. 내가 표현할 수 있는 언어에 한계를 느낄 때, 이 세상에 내 마음을 내 마음처럼 표현해준 작가들이 있음에 감사하게 된다. 책을 중심에 두고 자기 생각과 마음을 빗대어 낭독하다보면, 저절로 마음이 정화되고 생각에 질서와 체계가 잡힌다. 직접적인 표현은 서툴더라도 타인의 글로 나를 표현해내는 작업이 낭독 안에서는 가능하다. 그런 시간이 꾸준히 이루어지다보면 비로소 자기 목소리를 내기 시작한다.

　지금 우리는 어쩌면 스스로 목소리를 검열해, 진짜 내고 싶은 소리를 내지 못하고 있는 건 아닐까? 선의로 표현한 말이 어느새 왜곡되어 칼이 되어 돌아오기도 한다. 그럴수록 학교 현장에서 서로 소통할 수 있는 공간은 점점 좁아진다. 낭독은 그 좁아진 공간을 조금씩 넓히는 일이다. 책이라는 매개를 통해, 우리는 안전하게 자기를 꺼낼 수 있다.

　나는 교육생들이 만든 강사다. 산속 생활 10년을 마치고 다시 세상에 나왔을 때, 나를 홍보할 수 있는 창구는 없었다. 교육생들이 자기 블로그에 강의 기록을 남기고, 무료 특강을 열어 낭독을 함께 알리기 시작했다. 그때 내가 교육생들에게 건넨 말이 있다. "낭독을 증명할 이는 바로 당신들입니다." 몇 마디 소개로 낭독과 인연을 맺기는 어렵다. 낭독을 배운 이들이 삶의 모습으로 자연스레 전할 때, 사람들은 비로소 궁금해진다. 삶의 에너지와 태도, 마음의 여유와 건강이 엿보일 때, 그때 진정한 낭독 전도사가 되는 것이다.

이 책의 저자들이 그런 사람들이다. 릴레이 낭독, 교과서 낭독, 그림책 낭독, 시 쓰기 낭독, 작은 책방 살리기 프로젝트까지. 학교 현장의 현실을 잘 모르는 내가 제안하는 낭독 콘텐츠를 어떻게든 실현해보려고 노력했던 교사들이다. "낭독은 뭐든 가능하다"는 것을 이 책의 저자들은 각자의 교실에서 이미 증명하고 있다.

파란 지평선을 향해

매달 한 권의 책을 정해 낭독으로 만나는 소중한 인연들이 있다. 자유롭게 녹음하며 서로의 목소리로 꾸준히 낭독의 끈을 이어가는 분들이다. 한 달의 마무리는 낭독회로 맺는다. 그 자리를 묵묵히 지켜주는 임현순 선생님 (닉네임 공책방)을 비롯해, 공동체를 아름답게 채워주는 낭독가들에게 깊은 감사의 마음을 전한다. 나는 이분들이야말로 진정한 낭독 문화를 일궈가는 소중한 동료들이라 믿는다. 벌써 서른두 번째 낭독회를 열었으니, 어느새 3년째다. 처음 그 자리에 있던 이들이 여전히 곁을 지키며 자기 안에 있는 예술성을 자연스럽게 깨워가고 있다.

오랜 칩거를 마치고 다시 시작하려고 했을 때, 서혜정 선배님은 나를 낭독의 세계로 이끌어주신 스승이다. 선배님께 받은 은혜를 이제는 낭독으로 만나는 분들에게 고스란히 돌려드리고 싶다.

《긴긴밤》의 어린 펭귄이 바다로 가야 한다는 것을 알았던 것처럼, 코와 코를 맞대고 노든과 작별 인사를 한 것처럼. 이제 나도 파란 지평선을 향해 간다. 거기에 나와 같은 무수한 펭귄들을 만나러.

오늘도 우리는 교실에서 함께 읽습니다

교사라는 이름으로 묶여 있지만, 우리는 저마다 다른 사연으로 낭독을 만났고, 각자의 방식으로 낭독의 시간을 쌓아왔습니다. 각자가 간직해온 낭독의 경험과 시간을 하나의 결로 엮어 한 권의 책으로 담아내기까지 우리는 생각보다 오래 머물고 깊이 고민해야 했습니다. 그렇게 만들어진 책이 세상에 나와 독자의 손에서 읽히고 있다는 게 낯설면서도 한편으로는 설렙니다.

독자의 마음으로 원고를 다시 읽어보니, 이미 알고 있는 이야기인데도 신기하게 다르게 읽혔습니다. 문장을 따라가다보면 장면이 떠오르고, 그러다 어느 순간 이야기가 새롭게 들려왔습니다. 아마 낭독 이야기여서 그랬는지도 모르겠습니다.

소리로 건네는 이야기이기에 읽을 때마다 다른 결로 다가오는 것인지도 모르겠습니다.

오랫동안 낭독을 배워온 저는 종종 이런 질문을 받습니다.

"책을 소리 내어 읽는 게 낭독 아닌가요?"

"그걸 그렇게 오래 배울 필요가 있나요?"

그럴 때면 저는 멋쩍게 웃곤 합니다. 저 역시 그렇게 생각했으니까요. 그러고는 영화 〈죽은 시인의 사회〉 속 키팅 선생님의 대사를 떠올립니다. "어떤 사실을 안다고 생각할 때, 그것을 다른 시선에서 보라"는 그 말을요. 저는 낭독을 하며 이 말을 자주 떠올리곤 했습니다. 낭독을 시작했을 때, 저는 쉽게 입을 떼지 못했습니다. 잘하고 싶은 마음이 앞설수록 목소리는 더 작아졌고, 문장은 자주 끊어졌습니다. 듣는 사람을 앞에 두고 소리 내어 읽는 일은 생각보다 용기가 필요했습니다. 그럼에도 계속 용기를 낼 수 있었던 것은 내 목소리가 들려주는 문장들이 마음에 울림을 주었던 순간들 덕분입니다. 그렇게 활자가 마음에 닿는 순간들을 경험하면서, 나 자신과 마주하게 되었습니다.

이 책 속에는 그런 변화의 순간들이 담겨 있습니다. 책을 멀리하던 아이가 도서관을 찾고, 말이 서툴던 아이가 조심스럽게 입을 떼어 그림책을 읽어주던 장면들이 있습니다. 그런 장면들을 읽다보면, 우리 교실에도 그런 변화가 올까, 과연 그 아이들은 계속해서 성장해나가고 있을까 하는 궁금증도 생길 수 있습니다. 사실 그 변화는 사소하고, 오래 이어지지 않을 때도 있습니다. 어떤 아이는 다시 조용해지기도 하고, 어렵게 꺼낸 목소리를 다시 안으로 접어넣기도 하니까요.

하지만 우리는 알고 있습니다. 그 순간이 아이의 마음속에 씨앗으로 남아 사라지지 않는다는 것을, 그리고 그 씨앗이 언젠가 다시 싹을 틔워, 자기만의 꽃을 피울 날이 온다는 것을요. 그래서 우리는 오늘도 교실에서 아이들과 눈을 맞추며 한 문장을 읽습니다. 조용히 귀 기울여 듣고, 서로 이야기를 나누며 아이들의 시작을 응원합니다. 동료 교사들과 경험을 나누며 낭독이 지닌 의미를 함께 새깁니다.

때로는 가족들과 낭독을 나누며 일상의 온도를 조금씩 높여 갑니다. 그렇게 낭독은 사람과 사람을 잇고, 서로의 관계를 조금 더 단단하고 풍성하게 만들어갑니다. 말로는 다 전하지 못한 마음이 문장을 통해 건너가는 순간을 우리는 여러 번 경험 했습니다.

그래서 우리는 말할 수 있습니다. 낭독은 누구나 시작할 수 있다고요. 하지만 그 안에 담긴 힘은 결코 작지 않다는 것도요. 한 사람의 마음을 움직이고, 또 다른 사람에게 이어지며 더 큰 변화를 만들어냅니다. 그리고 그 힘은 더 많은 사람이 함께할 때 더 깊어지고 더 오래 이어집니다. 그래서 낭독은, 함께 나누고 싶은 경험입니다. 학교에서든, 가정에서든, 우리가 머무는 어느 자리에서든.

이 글을 읽고 계신 여러분께도, 낭독의 경험이 천천히, 하지만 오랫동안 닿기를 바랍니다. 아주 짧은 한 문장이라도 좋습니다. 지금 잠시 멈추어 조용히 소리 내어 읽어보시기를 권합니다. 그 한 문장이 어느 순간 여러분의 하루에 가만히 머물지도 모릅니다. 그리고 언젠가, 그 한 문장이 내일을 조금 다르게 열어줄지도 모릅니다.

낭독은 어쩌면 이미 여러분 곁에 와 있는지도 모르겠습니다. 지금 읽고 있는 그 문장을 통해 다시 시작될지도요.

이현숙

함께 소리 내어 읽습니다

펴낸날 초판 1쇄 발행 2026년 4월 27일

지은이 구혜진 성경숙 오향옥 이인희 이현숙
조선혜 최은숙 최은하 송정희
펴낸이 유윤희
펴낸곳 오늘산책
편 집 변은숙, 유윤희
디자인 행복한물고기Happyfish
제 작 제이오

출판등록 2017년 7월 6일(제2017-000141호)
주 소 서울 종로구 종로 227-5, 2층
전 화 010.7748.5369
팩 스 02.6442.5392
이메일 oneul71@naver.com
ISBN 979-11-93703-13-7 03810